小説

写真甲子園

0.5秒の夏

菅原浩志 案　樫辺勒 著

新評論

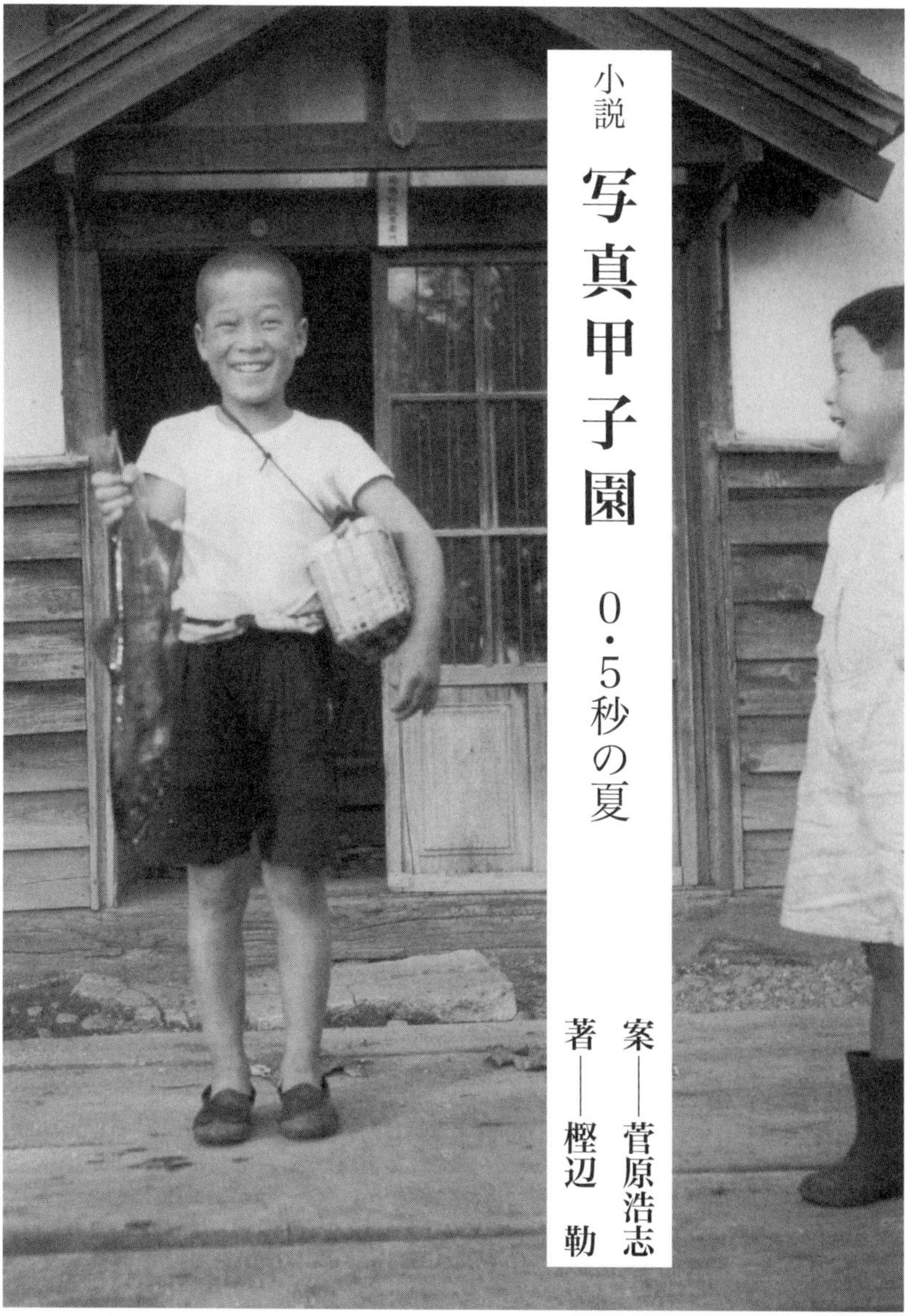

小説

写真甲子園　0・5秒の夏

案――菅原浩志
著――樫辺　勒

東川町全体図

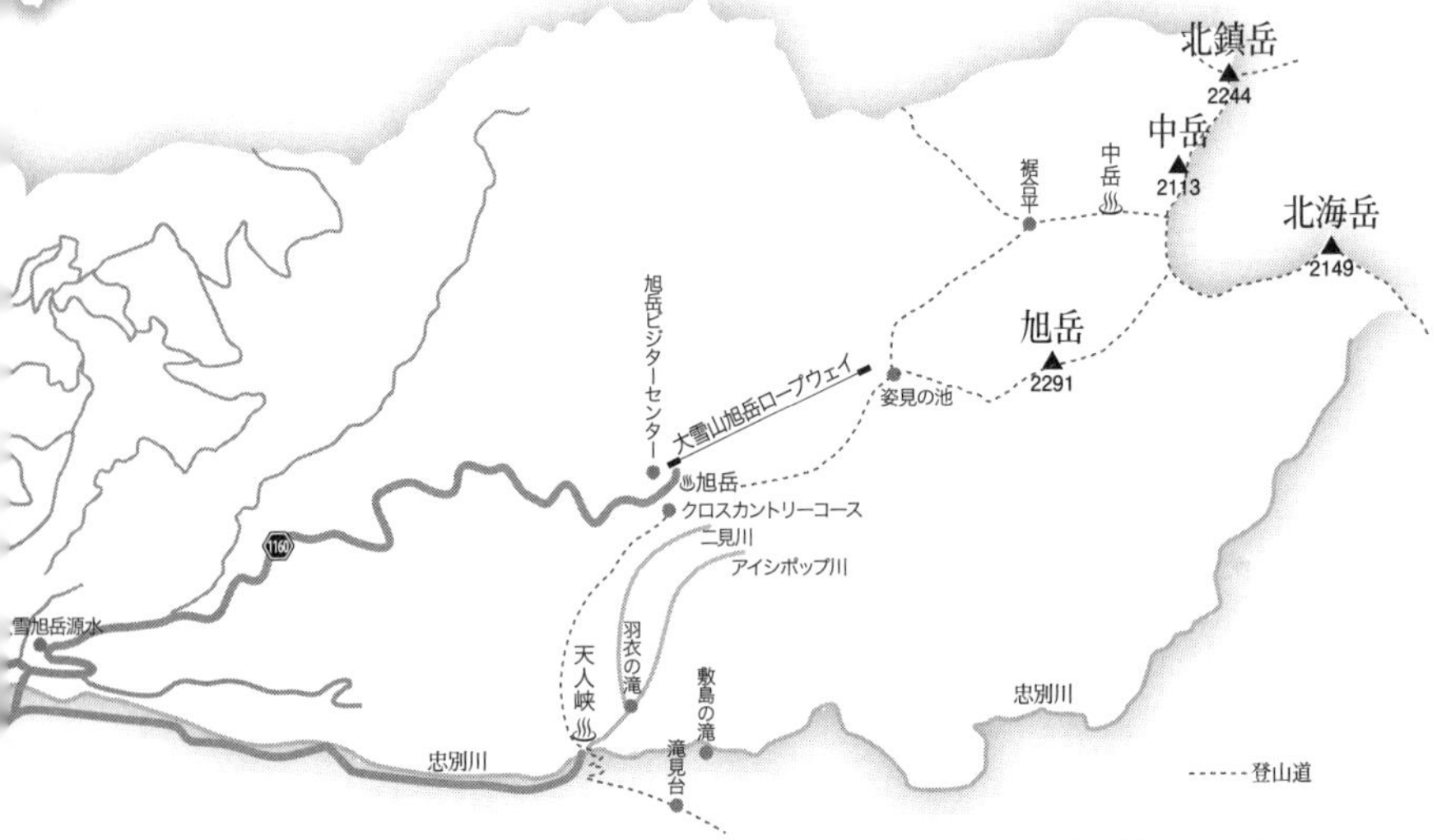

ACCESS アクセス

自動車
- 旭川空港から東川市街地まで7km（約10分）
- 旭川市街地から東川市街地まで16km（約30分）
- 札幌市から高速道路旭川北IC経由、東川市街地まで150km（約2時間半）
- 東川市街地から旭岳温泉まで30km（約45分）
- 東川市街地から天人峡温泉まで25km（約35分）

ＪＲ
- 札幌駅から旭川駅まで137km（約1時間20分）
- 新千歳空港から旭川駅まで183km（約2時間半）

バス
- 旭川駅から定期バス（いで湯号）が順次運行中（詳細は東川町HPにて）

飛行機
- 東京～旭川間　9往復/日（100分）
- 大阪～旭川間　1往復/日（125分）

東川町市街図

至旭川
東川養護学校
コート旭川CC
キャンモア
スキービレッジ
キトウシ高原ホテル
キトウシ森林公園
家族旅行村
940
至旭川
611
交番
道の駅
「道草館」
至旭川空港
グリーンヴィレッジ
1160
大雪遊水公園
忠別発電所
至美瑛
忠別川
忠別ダム
旭岳
トンネル
忠別湖
213

海洋センター
611
東川小学校
幼児センター
文化ギャラリー
農村環境改善センター
東川高校
東川中学校
郷土館
羽衣公園
東川町役場
開拓百年記念公園
道の駅
「道草館」
1160
GS
交番
GS
石蔵のバス停
GS
東川神社
JA東川
ホクレンショップ

※本書は映画『写真甲子園　0・5秒の夏』（監督：菅原浩志、二〇一七年公開）をノベライズしたものです。

1

（大阪に生まれ育ってよかったって思ったこと、めったにあらへんけど、こういうときはめっちゃ助かるわ……）

同じ高校三年の写真部員の山本さくらに「テーマ決めたん？」と訊《き》かれて、夢叶《ゆめか》はそう思った。

「まだ……でも、やっぱ人がええんちゃうん？」

部長としていちおう勿体《もったい》をつけてはみたものの、人を撮る、初めからそう決めていた。

というか、そもそも人物写真以外ろくに撮ったことがない。

「めっちゃおもろい人がおればね」

そう言うさくらにしたって、被写体になる人が見つかるかどうか、本気で心配しているわけじゃない。自分たちが撮るべき人物は「カッコいい男の子」とか「美しい女の人」とかじゃなくて、「おもろい人」だってことを、半分無意識に宣言しているだけなのだ。

「どっか行ったらゴロゴロおるわ。探そ」

一年後輩の伊藤未来《みき》のほうは、もうはっきり確信している。

たしかに未来の言うとおりだ。カメラを向けると、「いややわぁ」とか言いながらも向こうから寄ってきて、頼みもしないうちにキメ顔をしてみせる……大阪はそんな人ばっかりだ。〝おもろい〟——善くも悪くも大阪人の魂のいちばん深い部分をつくっているのはこの言葉だと、夢叶は日々痛感している。

自分の名前がそうだ。夢が叶《かな》うと書いて「ゆめか」。それだけだったら、ちょっとファンタジー成分過多のキラキラネームではあるけれど、そんなに悪くない。でも名字が「尾山」だと、事情が違ってくる。

「おやまぁ、ゆめか……」

光り輝く希望に満ちた名前のはずが、フルネームで呼ばれることで、一瞬にして夢オチに堕《だ》してしまう。

（自分の子どもの名前にオチなんかつけんでもええやん。大阪人の悪いクセや。「おとうちゃんが寝ずに考えてくれはった、ええ名前やないの」っておかあちゃんは言《ゆ》うけど、この世に生まれ落ちたときから〝おもろい〟の業《ごう》を背負わなあかんくなった娘の気持ち、どない思っとんのやろか……あかん、だんだんムカついてきた）

いま自分が手にしている一眼レフのカメラは、高校合格のお祝いに父親が買ってくれたものだ。そのとき夢叶は喜びのあまり、いつもなら「おおきに、おとうちゃん」と言うところを「ありがとう、パパ！」と口走った。すると父親は「パパ」と呼ばれたことに大照れしながらもそれが新鮮でうれしかったらしく、その後も「パパ」と呼ばれたくて、ちょくちょくカメラの周辺機器を買ってくれるようになった。写真と関係ないものを買ってもらったときの呼び方は、なぜか「おとうちゃん」のままだった。

（もうぜったい「パパ」なんて呼んでやらへんねん。ボストンなんて行ってやらへん）

太めで平行な眉がいつの間にか吊り上がっている。ぶり返した名前の恨みを、ショートカットの軽めの毛先を揺らす春の風にのせて、今アメリカに単身赴任している父親に向けて届けようとしていたとき、すぐ近くでどなり声がした。

「このくそ婆バァ！　なにぬかしてけつかんのじゃ、こら。もう一回よう見ィ！」

声のするほうを振り返ると、昼日中《ひなか》からブラブラしているダメな大人の近畿ブロック代表のような中年男が、占い師の女を睨《にら》みつけていきり立っている。

女はというと、男の剣幕《けんまく》に驚いてひるんだ……りはしない。ここは大阪である。

「あんたのこと思って言《ゆ》うてんねん。それがわからんのか！　どアホ！」

「アホ」に「ど」をかぶせて、それが大阪のオバハンの心意気ちゅうもんやと言わんばかりに、やり返す。

「ふざけるな！　エセ占い師！」

とうとう男は、座っていたパイプ椅子を振り上げた。

「キャー！　助けて！　この人、人殺し」

他人に庇護《ひご》をもとめる女性の悲痛な叫び声のはずが、なぜか「これからおもろい見世物が始まるから寄っといで」といった呼び込みにしか聞こえない。やはりここは大阪なのである。

「おった！」「おった!!」「おった!!!」

夢叶、さくら、未来、三人がきれいなユニゾンでハモッた。

そして三人は、自分たちの声を合図に、群れで狩りをする雌《めす》ライオンのごとく、〝おもろい被写体〟という獲物に猛ダッシュで駈け寄り、地面に滑り込んで襲いかかった＝激写した。おどけた顔を撮る機会には事欠《ことか》かないが、人の怒った表情を撮るチャンスはめったにない。こんな〝おいしい〟獲物をみすみす逃す三匹、いや三人ではなかった。

「なんや、おまえら！　何撮っとんねん！」

男の叱りつける声も、飢えた若き雌ライオンたちには、大型草食動物の断末魔にしか聞こえない。「カシャ」というシャッター音は、もはや獲物の肉に牙をたてる「ガブッ」という音と化していた。


若き雌ライオンたちに〝狩り〟の仕方を教え込んだのは、関西学園写真部の顧問の久華《ひさか》英子《えいこ》だった。

久華調教師、いや久華顧問の教えはシンプルでかつ過激だった。

「何でもやれ」

「人殺したり怪我《けが》したりせんかったらええんや」

部室の壁に貼ってある標語もそうだ。

――写真は写心だ！　当然だ

「当然だ」とまで念を押す英子の加圧トレーニング並みにハードな教えが結果にコミットして、後輩ライオンたちを獰猛《どうもう》な狩り集団に、いや優秀な撮影チームに育てあげた。

しかし、英子の口から語られる言葉で夢叶たちをもっとも酔わせたのは、それらではない。


写真甲子園、略称「写甲」――。


この言葉ほど、夢叶たち写真部員の心を鷲づかみにしたものはない。

「楽しいことなんかひとつもあらへん。生半可な気持ちやったら行かれへんで、写真甲子園は。でもな、挑戦した人にだけ見える世界があんねん」

部員全員――全員が女子だ――を前にして熱く語る英子。その背後の壁には、かつて英子が率いたチームで獲得した写真甲子園優秀賞の賞状が誇らしげに飾られている。それが部員たちには、まるで後光のように輝いて見える。

「見たいやろ、そんな世界。ほんま、人生変わるで」

厳格な調教師から一変して、極楽浄土のすばらしさを慈悲深く語って聞かせる英子菩薩のお説教に、夢叶たち衆生《しゅじょう》の者どもはみな心打たれた。

写真甲子園、写真甲子園……。

写甲、写甲、写甲……。

部員たちはその言葉を、ありがたいお経のように繰り返し唱えた。


夢叶たちの獲物――つまり被写体とされた男――安藤昇二は、オーバーヒートした心をクールダウンさせるためか、喫茶店のウエートレスが運んできたビールを一気に飲み干した。テーブルを挟んで安藤の向かい側に座っている夢叶、さくら、未来は、目の前に置かれたミックスジュースにまだひと口もつけていない。

「姉ちゃん、何で撮ったんや？」

さっきまでの雌ライオンたちは、借りてきた猫にスケールダウンして、うなだれている。

「プライバシーの侵害やで」

もちろん、プライバシーへの配慮が大切であることは顧問から叩き込まれている。けれども、目の前の〝おもろい〟に抗《あらが》えるほど、大阪人の理性は残念ながら強くない。

「めっちゃおもろい写真撮りたいねん」

夢叶がやっとの思いで弁明を試みた。

「キラキラしたもん見に行きたいねん」

さくらもそれに続いたが、安藤には微塵《みじん》も伝わらない。

「キラキラしたもん？　なんとか流星群か？　どこで見れるんや？」

未来が乾いた唇をこじ開けた。

「しゃしん……甲子園」

「そりゃ野球やないか。星なんか関係あらへん。虎や虎！」

大阪のおっちゃんに、「甲子園」と名のつくもののことを白球と縦縞のユニフォーム抜きで説明するのは、エサなしで野良猫を手なずけようとするくらいに、あるいは、鞭なしでライオンに芸を仕込もうとするほどに難しいが、三人は必死で写真甲子園のことを話した。


北海道上川郡東川町。

大雪山のふもと、北海道のほぼ中央に位置する、人口八〇〇〇人ほどのこの小さな町で、「写真甲子園」、正式名称「全国高等学校写真選手権大会」が始まったのは、東川町の開拓一〇〇周年にあたる一九九四年のこと。それ以来、毎年夏に開催されている。規模やルールは少しずつ変わってきてはいるが、二〇一七年現在の概要は次のとおり。

まずは、予選にあたる「初戦」。

予選といわずに初戦と呼んでいるのは、「君たち全国の高校生が今いるその場所ですでに戦いは始まっているんだ。そのつもりで真剣に取り組め」という主催者側のメッセージの表れだ。

全国の高校写真部・サークルから募集した八枚の組写真を、プロのカメラマンや写真雑誌の編集長らが東京で審査する。現在五〇〇校以上の応募があり、そのなかから、各地区ブロックごとに選ばれた計一八校が出場校となる。

次に「本戦」。

出場校は顧問の教師一名と生徒三名でチームを編成する。大会に出場する生徒は、野球の甲子園大会と同じように「選手」と呼ばれる。同様に顧問は「監督」と呼ばれる。

出場チームは北海道に招待され、七月下旬から八月上旬の三日間――前後のセレモニーを合わせると一週間ちかく――、東川町を起点に旭川市・美瑛《びえい》町・上富良野《かみふらの》町・東神楽《かぐら》町など隣接する自治体に設定された五つの撮影ステージで、定められたテーマに沿って写真を撮影することになる。公平を期すため、撮影機材はキヤノンが提供した同じ一眼レフカメラを使用する。

移動は臨時に運行される専用バスのみ。運行時間は厳格で、選手が乗り遅れてもいっさい待たない。また、撮影した画像データを収めたメディアの提出時間も厳しく定められていて、一秒でも遅れると減点の対象となる。

提出したメディアのなかから、チームは八枚の写真を選んで組写真に構成する。その日に提出された組写真は、夜には公開審査を受ける。ファースト、セカンド、ファイナルの計三回におよぶこの公開審査がまた厳しい。叱られ、注意されて、鼻っ柱をへし折られるのは当たり前、なかには泣きだす選手もいる。

そして最終日に、優勝、準優勝、優秀賞、その他町民賞などの各賞が決定する。

このように選手たちは、厳しいルールと容赦ない審査のもと、三日間にわたり、重い機材を背負いながら、すばらしい被写体との出会いをもとめ、大雪山連峰のふもとを駈けめぐって写真を撮り、勝敗を競う。写真の大会とはいうものの、芸術や文化の祭典というよりは、ほとんど自転車のロードレースかトライアスロンに近い過酷な戦いとなっている。

安藤はビールを片手に、夢叶たちの話をじっと聞いていた。

そしてひととおり聞き終わると、ポケットから何やらしわくちゃの紙切れのようなものを取り出して、テーブルの上に置いた。見ると、野口英世が、ピカソの描くキュビズムの絵のような顔つきになって、笑っていた。

(パシリになって、タバコ買《こ》うてこいってことやろか?)

三人がその意味を汲みとれずにポカンとしていると、安藤が言った。

「カンパや。なんちゃら甲子園ちゅうの行ってきぃ」

写真甲子園のことを安藤が正しく理解してくれたかどうかは疑わしいが、どうやら出場の前に後援会というか応援団というか、とにかく味方ができたらしい。

「ほいでな、おっちゃん撮るのやったら男前に撮ってや」

喫茶店の片隅で、唐突に撮影会が始まった。最初は恐るおそるシャッターを切っていた三人も、安藤がしだいにノッてきてキメポーズとキメ顔をつくりだすと、かぶっていた猫を脱いで再び雌ライオンに戻った。

「おっちゃん、めっちゃええやん」

「めっちゃおもろい、おっちゃん」

やっぱりここは大阪や。こんなにおもろい人がおる。おもろい人を撮ること以上におもろいことはない——。

「ところで、おっちゃん、さっきあんなに怒ってはったけど、占いの人に何を占ってもろてたん？」

ファインダーを覗きながら夢叶が何気なく問いかけると、安藤はちょっと言いにくそうに答えた。

「……恋愛運や。チッ、あのくそ婆バァ、『あんたにろくな恋愛はやってこん。結婚なんて死ぬまで無理や』なんてぬかしくさって！」

「恋愛運て……」

三人のシャッター音がいっせいに途切れた。


それ以後、夢叶たちの活動は加速した。彼女たちばかりではない。本戦に出場できる選手は三人だけだが、初戦の写真は何人で撮ってもかまわない。部員全員のもてる力を最大限発揮して初戦を突破するのだ。関西学園写真部員の全員が、おもろい被写体をもとめて大阪の街を駈け回った。

たくさんの収穫があった。

阪神タイガースの帽子と法被《はっぴ》、それにメガホンを持ったおっちゃんは、「カメラだったら声は写らへんよな」と前置きしたうえで、「ほんまはわし、巨人ファンやねん。そやけど、それ言《ゆ》うとおかんに晩飯食わしてもらわれへんさかい、ふだんからこんなカッコして阪神ファンを偽装してるねん」と、頼んでもいない意外な信条告白をしてくれた。

全身をヒョウ柄でコーディネートしたおばちゃんは、「いやぁん、こんなカッコで恥ずかしいわぁ、家がすぐそこやさかい着替えてくる」と言って戻ってきたとき、別のヒョウ柄の服を着ていた。斑紋の一つひとつが倍ぐらいの大きさになっていた。

縁日の出店で焼きそばを焼いていたおっちゃんは、「モデルになってやってもええけど、その代わりに、向こうの店の焼きそばを味見してきて、どっちが美味《うま》いか教えてくれんか」と耳打ちして、夢叶に五〇〇円玉を握らせてスパイ役を強要した。

たこ焼き屋の前に、中学生女子が何人かたむろしていた。

「これからは一周まわって、ああいう本格的なしゃべくり漫才が流行《はや》んねん」とか、「マヨかけすぎちゃう？　ソースの茶色、見えへんで」とか、取り留めのないことをしゃべりながら、ひと舟のたこ焼きをみんなで分けて食べている。口の端に残ったソースが、彼女たちのなけなしの女子力をさらに低下させていた。

その様子があまりにも楽しそうなので、夢叶たちは近づいて声をかけた。

「あんたら中学生？」

「はい」

「関西学園の写真部なんやけど、みんなの写真撮ってええ？」

「ええよ」

全員の快諾を得て、たこ焼きを食べているところを撮影することになった。

さくらが「めっちゃええ。食べて食べて」とそそのかし、未来が「美味《おい》しそうに食べてや」とノセる。歯にくっついた青海苔《のり》が、夢叶には宝物のように見えてたまらない。

「ええよ。みんなめっちゃええでー」

このサバンナは雌ライオンたちの楽園だ。SDカードのメモリが満杯になるまで、夢叶たちは大阪《おおさか》の〝おもろい〟を激写しつづけた。

2

　プリントアウトの震動で、天井からぶら下がっている『写真部』のプレートがかすかに揺れている。撮影してきた写真がプリンターから出力されるところを、東京桜ヶ丘学園ただ一人の写真部員である椿山翔太がじっと見つめている。

　写真部のドアをノックする者はいない……というか、部室そのものがない。階段の脇の奥まったデッドスペースを「部室」と称して使っているのだ。階段の側面に長いことさらしたままになっている「写真部員□集中」の貼り紙が痛々しい。途中の「募」の字の部分が破けているので、「写真部員たるもの、雑念をはらって撮影に集中せよ！」みたいな意味に変わってしまっている。

フィルムの時代なら暗室が必要だったから、部室のない写真部なんてありえなかった。しかしデジタル全盛の昨今は、高校の写真部ぐらいなら暗室がなくてもやっていける。むろん翔太だって、せめてドアぐらいは欲しいし、部室の中に突然バレーボールが転がってきて、「すみませ〜ん、ボール投げてくださぁい」とお願いされたくはない。しかし翔太のほんとうの不満は、部室がないことではない。別のところにあった。

＊＊＊

二年前の入学式当日、翔太は写真部の部室を訪ねた。もちろん入部するためだ。途中でいろんな部から勧誘を受けたが、「もう決まってますから」とすべて断って、まっすぐ写真部に向かった。

教わった部屋はドアが開いていた。覗こうとすると、突然「ギュイ〜ン」という音が続けざまに部室から飛び出してきて、翔太をひるませた。中では、ヘッドホンをつけた女子生徒が一人、このあと新入部員勧誘のための模擬演奏がひかえているのだろう、エレキギターのアーミングの練習をしていた。

学校指定のライトグレーの制服ではなく、フリル多めの、ナチュラルなアースカラーのゆるふわワンピースを着ている。頭に載せた猫耳ずきんのせっかくの耳が、ヘッドホンのアームでひしゃげていた。そのなりは、どう見ても、弾いているパンク系の曲調に合っているとは思えない。

その〝ゆるふわギュイ〜ン女子〟は、人が入ってきた気配に気づいてキッと翔太のほうを睨みつけたが、それが見知らぬ男子生徒だとわかって一転恥ずかしそうな表情に変わった。そして、ヘッドホンを外しながら言った。

「ん？　あ、ごめん、ヘッドホンのジャック外れてたわ。うるさかった？」

「あ、いえ……あの、ここは……」

「あー、キミ一年？　入部希望者？」

「はい、そうです」

「ようこそ、ようこそ。で、楽器は何ができるの？」

「楽器ですか？　いえ、何も」

「というと、ボーカル志望か。いいよいいよ、キミならビジュアル系でイケそう」

（写真のことを高校ではそう言うのか。たしかに写真は〝ビジュアル〟だけど）

翔太はイマイチ腑《ふ》に落ちない感じがしながらも、「はい」と返答した。

「お、自信あるじゃん。いいねー。アタシ、そういうの好き。そうだ、キミをボーカルにして、バックバンドをアタシら女の子だけにすんの。それって新しくなくなくなくない？それで行こうよ」

何個か「なく」がよけいな気もするが、なんにせよ、写真部への勧誘でないことはわかった。

「じゃ、これ書いて」と差し出された入部届けには、「軽音楽部」とあった。

「あ、ち、ちがうんです」

「何？　入部希望じゃないの？」

「入部希望はそうなんですけど、写真部の……」

早合点のギタリストの目から、翔太への興味が光の速さで失われていった。女の子はギターを再び手に取ると、翔太のほうを見ずに「奥……」とだけ言って、「ギュイ〜ン」に戻った。彼女が言った「奥」とは、備品をしまうスチール製の棚で仕切られた向こう側のことのようだ。

入ったときは開いていたので気づかなかったが、内側に折り返されたドアに、部の名前が書かれたいくつかのプレートが貼ってあった。

「けいおん部」

「囲碁将棋部」

「漫画研究会」

「山岳部」

どうやらここは、文化系の部が合同で使っている共有スペースらしい。だとしても、どうして山岳部がまじっているのかは不明だが。

それにしても、肝心の「写真部」の名前が見当たらない。

「あのう、写真部は……」

「……………」

「写真部の名前がないんですけど……」

翔太がドアのプレートを指差して何か訊いていることに気づいた女子生徒は、面倒くさそうに「下」とだけ言った。下を見ると、すっかり粘着力の落ちた写真部のプレートが床に落ちていた。

「やめといたほうがいいよ」

ギュイ〜ンとギュイ〜ンの合間に彼女がそう言ったが、かといって、ハイそうですかと帰るわけにもいかない。

　奥を覗いてみたが、誰もいない。中央に置かれている木製の長テーブルの表面は、けっこうレベルの高そうな落書きで埋まっている。漫研がここを使っているのは間違いなさそうだ。けれど、写真部の存在をしめす物が見当たらない。

　隅のほうに何やら黒いボードが――実際は、段ボールを切って黒い紙を貼っただけのものだった――乱雑に立て掛けられている。遠慮がちにめくってみると、その上に写真が何枚か貼られていた。学園生活のスナップショットを組写真にしたものだった。スチール棚には写真器材のカタログも見つかった。

(写真部はたしかに実在する！)

　いつのまにか翔太は、数日前にテレビで見たスペシャル番組「未確認生物《UMA》を追え!!」の探索隊のような気分になっていた。

(近隣住民の証言もとれた。物証もある。あとは実物の出現を待つだけだ！)

　そして、パイプ椅子に腰かけてしばらく待っていた。気がつくと、ギターの音がしなくなっていた。ゆるふわギュイ〜ン女子はいつの間にか部屋を出たらしい。

代わって誰かが近づいてくる音がした。ついに写真部員あらわる?という期待は、しかしきれいにスカされた。現れた男子生徒は白いテニスウェアという出《い》で立《た》ちで、手にはラケットと黄色いボールを握っていた。

(なんで硬式テニス部員がここに?)

翔太は椅子から立ち上がって、軽く頭を下げた。それを見たテニスボーイは、

「ん?　ああ、いいから座ってなよ。そのうち誰か来ると思うから」

と素っ気ない言葉をかけたまま、スマホをいじりはじめた。

手持ち無沙汰にしていると、もう一人、男子生徒が現れた。次こそ写真部員か?と思いきや、今度は太いザイルを肩に担いで手にピッケルを持った、本格的な登山スタイルである。この部屋のドアに「山岳部」とあったので驚きはしなかったが、やはり異様だ。

「どうだった?　もう何人か入った?」

テニスボーイが山男に声をかけ、新入生の入部勧誘の手ごたえを尋ねた。

「う〜ん、女子に〝山ガール〟の格好をさせてみたんだけど、反応はイマイチだなあ」

ハットを取って答えた山男の顔は、夏でもないのに日焼けしている。担いだザイルは見るからに重そうなのに、気にならないのか、肩から下ろそうともしない。

「あれ？　山岳部、女子部員いたっけ？」

「当然レンタル。つーか、クロエに無理やり頼み込んでやってもらったんだ」

「ダミーかよ。手段選ばねーな。それにしてもアイツ、よく引き受けたな。そんな義理堅いヤツだっけ」

「んなわきゃない。スタバでキャラメルなんたらのグランデ、おごることになってる」

テニスボーイはさもありなんとうなずいた。

「山岳部っていうネーミングがイマドキ感あるんじゃねーの？」

「その点いいよなあ、おまえんとこは。やっぱ『ワンゲル部』に名前変えようかなあ」

このまま黙って座っているのも芸がない。翔太は、とりあえずこのふたりからあらかじめ写真部の情報を聞き出そうと思い、尋ねてみることにした。

「あのう、すみません。知ってたら教えてほしいんですけど、ここの写真部って、部員は何人ぐらいいるんですか？」

「三人だよ、いや二・五人か」

テニスボーイが言った「二・五人」の意味がわからない。

山男がそれに異論をはさんだ。

「二・五人じゃねーだろ。クロエはほとんどゴースト部員だから、よく見積もって二・二人ってとこじゃん」

「それ言うなら、俺たちだって専属ってわけじゃねーし」

「んじゃ、俺らは〇・五人ずつだとして、三人合計で一・二人。はい、結論出ました。写真部の部員数は主催者発表で三人、実数は一・二人」

テニスボーイと山男の計算が翔太には理解できない。十進法が通用しないことだけはわかった。九分九厘見当はずれの推論だとは思いながらも、大胆な仮説をぶつけてみた。

「……もしかして、その、写真部の方ですか？」

「そうだけど」

(実在した！)

翔太の頭のなかで、アフリカ大陸と南米大陸の海岸線がガッシーンと嚙み合う音がした。

「そうだったんですか！　僕はてっきりテニス部と山岳部の人なのかと」

「そうだけど」

「え？」

「テニス部と山岳部だけど」

せっかく合体したアフリカ大陸と南米大陸がまた移動して離れていった。合点のいかない表情の翔太を見て、テニスボーイが言った。

「つまり俺らは、写真部とほかの部を兼部してんの。俺は写真部兼テニス部で、コイツは写真部兼山岳部。いや、山岳部ときどき写真部かな」

「人を天気予報みたいに言うな」

「もっとひどいだろ。コイツはね、囲碁将棋部も掛け持ちしてるから、ホント言うと『山岳部ときどき将棋部ところによっては写真部』」

「山登って、テントの中で将棋指して、晴れてたら写真も撮るから、まあ、ぶっちゃけそんなもんか。ダハハハ」

翔太は「脱力するとはどういう現象か」を初めて実体験した。

すると、テニスボーイが今度は逆に翔太に訊いてきた。

「え、何？　つーことは、キミ、写真部の入部希望者なの？」

「ええ、まあ」

「マジッスか！　俺はてっきり漫研の新入部員だとばっかり……」

驚いた山男が、担いでいたザイルをやっと降ろして、言った。

「ほかの部には入んないの?」

「写真部だけですけど」

攻守入れ替わって、今度はふたりが翔太のことを珍獣でも見るかのように凝視した。

「入学式初日にそのまま写真部に来た一年って、今までいなかったんじゃねーかな。エリートだよエリート」

「じゃあさ、ついでに山岳部にも入んない? ついでだしさ、入っちゃおうよ山岳部。お安くしとくからさ」

何がお安くなるのかわからないが、それがなんであれ、釣られるような翔太ではない。

「いえ、写真部一本で」

未練がましい顔の山男をテニスボーイが制した。

「まあまあ、写真部に入ってくれただけでも十分だろ。これで写甲にも出れるし」

「写甲に出る気かよ。つーか、オマエいま高校総体の練習で、写真なんか撮ってるひまねーだろ。そんなんじゃ初戦にさえ応募できねーぜ。せいぜいがテニスの合間に選手の写真を撮るぐらいで」

「オマエだって同じようなもんじゃねーか。山の写真ばっかで。テニスの写真と山の写真じゃ、組写真にならねっつーの」

「やっぱ頭数だけ揃っても、写甲は無理かな」

「……あのう、『しゃこう』って？」

これが、「写真甲子園」というものの存在を翔太が知った瞬間だった。

そこへ女子生徒が一人入ってきた。さっきのゆるふわギュイ〜ン女子だった。

「あ、いた！」

「おう、黒江。ワハハ、なにその格好。それか、田島が言ってたのは」

テニスボーイこと山田が、失笑をダダ漏れさせながら言った。

「黒江って呼ぶな。クロエって呼べ！」

翔太には彼女のイントネーションへのこだわりはわからないが、彼女が写真部の幽霊部員で、今かなり怒っているということだけは理解できた。

「田島！　テメー、登山の格好だっていうから嫌々引き受けたのに、こんなコスプレさせやがって。バンドのメンバーに見られて笑われちまったじゃんか！」

怒りが猫耳を揺らしているが、それがかえってカワイイ。

「いや、これは山ガールというコンセプトで……」

「山ガールじゃねえだろ。森ガールだろこれ。だとしても、今どきどこにいんだよ、こんな格好してる女」

「いやその、森の小動物を意識したというか……」

「『けものフレンズ』かよ！　つーか、同じ写真部つながりで頼まれてやったけど、この格好、写真部と関係ねーし。マジでグランデおごらせっからな」

それだけ言うとやっと気が晴れたのか、ゆるふわギュイ～ン女子ことクロエは、テニスボーイのほうを向いて言った。

「あ、山田、この子、写真部の入部希望者だって。やめときなって言っといてあげたよ。ヒヒヒヒ」

皮肉っぽい笑みが、せっかくのカワイイ猫耳コーデを台無しにしていた。

翔太の桜ヶ丘学園写真部員としての部活動は、こんなふうにかなり心細い感じでスタートした。なにせ、翔太をのぞいて部員は三人で、みんな三年生。その三人ともが他の部と兼部していて、うち一人は完全に幽霊部員。しかも三年生は、夏前には事実上部活動から引退する。後輩が翔太一人では部の存続があやうい、と思った部長の山田から、

「写真に興味がありそうな友だち、連れて来れないか？」と言われたが、

「一人いますが……難しいかも」と答えるよりほかなかった。

そんなわけで、翔太は入部してすぐ桜ヶ丘学園写真部のコアメンバーになった。いや、ならざるをえなかった。それどころか翔太は、入部届けにサインしたその日、山田に、

「どうせもうじき俺ら引退だから、いっそのこと今日からキミが写真部の部長やればいいじゃん。わかんないことがあったら教えるし、顧問の武部先生にはあとで俺から言っとくから。じゃヨロシク」

と言い渡され、入部当日、部長に抜擢された、というか押し付けられた。

事実上、一人で写真部を背負うことになった翔太だが、かといって基本的にやることは、一人でカメラを持って出かけてシャッターを切り、それをパソコンで補正したり保存したりするだけで、日頃やっていることとさして違わない。

違うのは、撮った写真を不特定多数の人に見せるようになったことだ。具体的には、近隣地域の高校が合同で開催している高校生写真展や、アート系の専門学校のデジタルフォトコンテストなど、写真のコンペや展覧会に応募するようになった。山田や田島から「オートフォーカスは便利だけど使うな。腕が落ちる」とか、「同じ日とか同じ時間に撮っ

た写真ばかり並べるとバリエーションが出ないから、同じ被写体を別の日、別の時間でも撮れ」などのアドバイスを受けたおかげもあって、コンテストでは初めて賞をもらった。

また、山岳部の田島の案内で、めずらしく三人揃って——顧問の武部先生も一緒に——、奥秩父まで一泊二日の撮影合宿にも出かけたこともあった。少ない部員とはいえ、それなりに充実した一年目の部活動だった。

翌年、桜ヶ丘学園写真部に新入部員は入ってこなかった。翔太は完全に一人写真部になった。クロエが「使わないから」と私物の三脚を置いていったが、やはり使われないまま放置されている。

二年目になって変わったこともある。

翔太はピザのデリバリーのアルバイトを始めた。写真をやるにはお金がかかる。レンズなどの器材費はむろん、撮影に出歩くときの旅費も必要だ。高価なデジタルプリンターは写真部の数少ない備品だが、プリントアウトする際の用紙代とインク代がバカにならない。

有名な写真家の作品集も欲しくなる。写真雑誌は毎号買い揃えられなくても、せめて自分の応募作品の結果が発表される号ぐらいは買いたい——小遣いとバイト代はすべて写真関係につぎ込んだ。

それ以外にも大きく変わったことがある。

新しく佐伯校長が着任し、今年度で定年退官の武部先生と対立するようになったのだ。

対立する直接の原因は、佐伯新校長が着任早々、部活動の実態調査に乗り出し、実績のない部や有名大学への進学率を上げるのに役に立たなそうな部を、順次廃止してゆくという方針を打ち出したことだ。

その方針にしたがって、部員が三人に満たない部は、とりあえず部室を取り上げられた。写真部をふくめていくつかの部が、それまで共同で使っていた部室から追放されるという憂《う》き目にあった。漫研などは、その折に解散・廃部になってしまった。

それでも翔太は写真を、写真部を、やめようとは思わなかった。むしろ、ますますコンテストに作品を送るようになった。個人名義で応募した写真雑誌の読者コンテストにも、しばしば作品と名前が掲載されるようになっていった。それを知っているのは、顧問の武部先生と、副顧問の高島晃先生ぐらいなものだが。

共同の部室を退去する日、翔太は、部室の壁に貼っていた写真甲子園のポスターを慎重に剝がして持ち出した。

(部室があるから写真部があるんじゃない。写甲を目指しているかぎり、写真部は実在するんだ――）
部員が一人しかいない、部室すらなくなってしまった桜ヶ丘学園写真部の活動は、ほとんど人に知られることもなく静かに、しかし熱く燃えていた。

＊　＊　＊

桜ヶ丘学園写真部に入部してからの二年間のことを思い返しているうちに、プリントアウトは終わっていた。新宿西口の灰色の高層ビル群をバックに、黒いアスファルトの裂け目から黄色い花弁を見せて咲いている小さな花が、そこに写っていた。

翔太は花を撮るのが好きだった。しかも、みごとに手入れされた庭園に咲き誇るバラよりも、道端の名も知らぬ花に惹かれた。なぜそうなのかは自分でもよくわかっていない。でも、俺が撮ってあげなきゃ、という気持ちにどうしてもなってしまう。この写真のときもそうだった。

「君はなんでこんなことをやってるの？」

ドアのない部室のデメリットは、招かれざる客が用もないのにフラリと入ってきてしまうところだ。気がつくと、佐伯校長が翔太の愛用の一眼レフを手に取っている。

「君のやっていることを、私にも理解できるように説明してくれないかな」

「……写真を選んで……」

「そうじゃなくて、この時期、受験に向けてやること、一杯あるでしょ。なんで写真なんかに時間を費やしてるのかなって」

校長が、そんなデジタル写真の出力のしくみを訊いているわけじゃないことは、翔太だって知っている。知ったうえで、そう答えているのだ。

自分がなぜこんなにも写真に惹かれるのか、その理由はよくわからない。ひとつだけ言えることがあるとしたら、理由があるから撮っているんじゃなくて、理由もわからないのに無性《むしょう》に写真が撮りたくなる、その理由を知りたくてシャッターを切っている、ということだ。しかしそれを言ったところで、校長が理解を示してくれたことはない。校長が来たのは今日が初めてじゃないのだ。

「こんなカメラじゃなくても――」

佐伯校長は翔太の一眼レフを手から離し、机の上に置いた。人質が解放されたような気がして、翔太は少し安堵した。

「ケータイやスマホでもいくらでも写真が撮れるでしょ。写真部では大学推薦取れないのは知ってるよね」

まるで親の仇でも見つけたかのような校長の視線が、「部室」の壁に貼られている写甲のポスターに注がれている。

「いま君がやっていることは、リニアカーが走る時代に、馬車で走っているようなものですよ。将来を見据えて、しっかり勉強しないと」

校長がリニアカーを例に出すのを何回聞いただろう。そのたびに翔太は、

(三〇分早く名古屋に着くために、何億円だか何兆円だかをかけるのが、どうしてそんなに大事なことなのか。三〇分早起きすればいいだけじゃないか)

と反論したくなる。

かといって、翔太にしても科学技術を否定したいわけじゃない。自分が愛用している一眼レフカメラだって、科学技術の粋を集めて作られたものだという認識ぐらいはある。

(最高の技術を、リニアカーのためにではなく、小さな花のために使ったっていいじゃないか――)

すると、存在しないドアの向こうから、新しい闖入者《ちんにゅう》の声がした。この春、写真部の副

顧問から顧問に昇格した高島晃だった。

「何々、どうしたの？」

「高島先生、廊下にごちゃごちゃ物を置かれては困るんですよ。消防法とかいろいろうるさいんだから」

「それで、前から部室をお願いしているんですよ」

「一人しかいない部活に、部室を割《さ》く余裕はないんですよ、本校には。部そのものの存在を考えてもらわなくてはね、先生」

また始まった、と翔太は思った。

校長がイチャモンをつけに写真部に来ると、高島先生が助けに入ってくれることがしばしばある。高島先生の生徒思いには素直に感謝しているが、一方で、もう少しうまくやり過ごすことはできないものかとも思ってしまう。火に油を注ぐ、とはこのことだ。

着任して二年目の佐伯校長は、一刻も早く自分の教育方針——というか、経営方針——を学園の隅々にまで徹底させようと強権を発動しがちになる。当然、それに対する教員側からの反撥《はんぱつ》も強い。

その代表ともいうべき存在が、長く写真部の顧問を務めていて、今年の三月に学園を定年退官した武部修先生で、その武部から写真部顧問をバトンタッチしたのが高島だった。高島自身は写真のことにそれほど詳しくなかったが、尊敬する先輩教諭である武部から写真部を託されたからには、全力で部を守り抜こうとしていた。

そうした経緯から、校長にとって写真部は、敵対勢力の牙城のように見えていた。おのずと当たりが不必要にキツくなる。そして、それが余計に若い高島の反抗心を掻き立てた。だから二人の議論はいつも、写真部の部室をどうするか、部の存続をどうするか、という問題をいつしか離れて、教員間のパワーゲームにすり替わっていく。

「役立たずの写真部だからって、斬り捨てるのは如何《いかが》なものでしょう。右脳と左脳のバランス取れた人間を育てないと、頭でっかちのおかしな奴ばっかりになりますよ」

「いつまで経っても君は青いね。高島先生、現実を見据えなさい」

大人の間のパワーゲームに翔太の関心はない。たしかに部室がないのは不便だけれど、ないならないで、なんとかやっていけなくもない。写真部自体が自分を最後に廃部になったとしても、新しく入ってくる部員がいないのなら、それはそれでしかたがないとさえ思っている。

それに、受験勉強がイヤで写真に逃避しているわけじゃない。志望大学にはストレートで入りたいと考えているし、そのための勉強も怠りなくやっているつもりだ。テスト前になると無性に別のことがしたくなる、というよくあるヤツとも違う。撮影に時間をとられて成績が下がったということもない。

だから、校長のイチャモンなどに耳を貸さなければいいし、あるいは校長の忠告を受け入れてこの一年間だけ勉強に専念し、大学に入ってからまたカメラを始めてもいい。どっちだっていいのだ。

それなのに、なぜ自分は、ことさら校長の言うことに反撥を覚えるのだろうか――。

今日はその答えがなんとなくわかった気がした。そのきっかけは、意外にも、校長の言葉ではなく高島の言葉――役立たずの写真部――だった。

役に立たない写真部に所属して、役に立たない路傍《ろぼう》の名もなき草花の、役に立たない写真を撮りたがる、役に立たない高校生……。

(そうか、あの花は、俺自身なんだ……)

これ以上論争しても埒《らち》があかないと思ったのか、佐伯校長が去り際に翔太に向かって言った。

「勉強して偏差値上げないと、高島先生と同じ大学になっちゃうぞ。がんばれ」

写真部の「部室」を去る校長の背中をにらみながら、「偏差値しか頭にない哀れな校長だ」と高島はつぶやいた。

「……廃部ですか？　写真部」

「バーカ、そんなわけないだろう。廃部にするかどうか、校長一人では決められないから心配するな。肩身は狭いが、部はなくならない」

廃部はもちろん望まないけれど、「部員がいない」というのがその理由ならしかたがない。でも、校長から「写真なんか役に立たない」と見下され、それが理由で廃部というのは、どうしたって受け入れることはできない——翔太はまっすぐに高島のほうを向いた。

「先生……俺、やっぱ行きたいんです。写甲」

翔太の口から積極的に「写甲」という言葉が出たことに、高島は驚いた。

「そうか、でも行きたいと思っても行けるもんじゃないんだぞ。初戦を突破しないと」

「……俺、写真撮りまくります、マジに」

廊下の隅に、小さな意地の花が咲いた。

翔太は帰宅して夕食をすませると、すぐ自室にこもった。部屋には写真甲子園のポスターが貼られている。写甲は翔太にとっても憧れだった。憧れに過ぎなかったともいえる。けれどそれは昨日までのことだ。昨日までの遠い憧れは、今日から現実的な目標となった。

とはいうものの、写甲への道のりはスタート地点から足踏みしている。なにせ、参加資格である最低三人の部員が揃わないのだから。出場の決意をあらわにしたとき、高島先生が言ったひと言が頭に浮かぶ。

「一人じゃ行けないんだぞ、あと二人、部員はどうする？」

翔太は本棚に目をやった。本棚には、さまざまな判型の写真集が何冊も並んでいる。写真集とはいっても、アイドルの水着写真集ではない。いつだったか、「翔太んちには写真集が一杯あるらしい」と聞きつけて押し掛けてきたクラスメイトを死ぬほど落胆させた「実績」を有する、世界中の有名写真家の作品集だ。

ベッヒャー夫妻の『給水塔』、土門拳の『古寺巡礼』の愛蔵版、幕末に来日した報道写真家フェリーチェ・ベアトの写真展の図録、中村征夫《いくお》の『海中2万7000時間の旅』、梅佳代の『うめ版』など。ホンマタカシの『東京郊外 TOKYO SUBURBIA』は絶版だったがどうしても欲しくて、古本屋をあさった。どれも高校生が気軽に買えるような値段ではない。普通の高校生ならゲームや音楽やファッションに小遣いをつぎ込みそうなところを、翔太はカメラと写真集にすべてつぎ込んだ。

それらの立派な写真集に隠れるように、一冊の古びたアルバムがささっていた。翔太はそれを取り出して軽くホコリをひと吹きすると、大事そうにページをめくった。アルバムは「私家版・大輝&翔太作品集」だった。

そのなかの一枚に目が止まる。何度も見た写真だ。そこには、小学生の翔太と並んで腰を下ろして笑っている、同級生の中野大輝が写っていた。ふたりの首からは、それぞれの愛機のカメラが誇らしげにぶら下がっている。

そもそも翔太に写真の面白さを教えてくれたのは大輝だった。ふたりでいろんな撮影に挑戦した。

とくに〝撮り鉄〟というわけではなかったが、私鉄沿線に住んでいたので、自宅近く通過する快速急行の車輛をどうしたらうまくフレーム内に収めることができるかを、ふたりで研究し競った。遠近感のズレをたくみに利用して、大きく開いた大輝の口に電車が吸い込まれていく、といったオモシロ写真も撮った。

写真が趣味だという近所の老人からマクロレンズを借りることができたときは、草むらを闊歩するカマキリを大怪獣に見立てて撮影し、その小さなモンスターの迫力に「オオッ！」と声を上げた。

ふたりを可愛がってくれたその老人が寝込んでしまったとき、老人は小学生のふたりに自分の肖像写真を撮ってくれるよう依頼した。そしてそれが、間もなく亡くなったその老人の遺影となった。

トリッキーな写真に凝って、女の子にモデルを頼んで魔女の格好をしてもらい、箒にまたがって飛び上がった瞬間を次々撮っては連続写真をつくり、アニメのフィルムブックもどきをつくったこともある。わざわざ三本爪の奇妙な足型をつくって海岸まで持っていき、砂浜につけた足跡を撮った作品には、「海底原人は存在した!!」という題をつけた。

自信作は、籠に野菜やら草花やらが差してある作品だ。一見するとよくわからない写真だが、天地をひっくり返すと女の人の顔に見える、というトリックアートだ。何度撮ってもうまく顔に見えず、そのたび微調整をくりかえした。そのうちに葉っぱがどんどん萎《しお》れてきて、女の顔が心なしか老けていったのを思い出す。材料費はかかったが、撮影後、親になんとか引き取ってもらって、その夜は作品完成記念野菜鍋パーティーを開いたりした。

「写真っておもしれーよな」

「うん」

どちらからともなく、何度となく、そう言い合った。そう言い合える相手は大輝だけだった。

その大輝は中学に入ると別のことに興味を移し、カメラから離れていった。ケンカ別れをしたわけではないので、顔を見れば声を掛け合う程度の付き合いは続いていたが、一緒に撮影に出かけるということはなくなった。二人の楽しい遊びは、一人の寂しい趣味に変わった。翔太がしだいに道端にひっそりと咲く花にレンズを向けるようになったのも、その頃からだった。

(写甲に出るなら、メンバーはアイツしかいない。その気にさせる策はある……)

翔太はそっとアルバムを閉じた。


翌日、翔太は図書室へと向かった。大輝がいつも図書室で受験勉強をしていることは知っていた。

勉強に集中しているためか、あるいは聞いている音楽のせいか、翔太が近づいていることに大輝は気づかない。翔太は大輝の耳からイヤフォンを引き抜いた。その一瞬、静かな図書館に鋭角的なビートが響いた。よくこんな激しい曲を聞きながら勉強ができるもんだ、と翔太はちょっと感心した。

「脅かすなよ。何だよ」

集中をさまたげられたこと以上に、久しぶりに翔太からコンタクトしてきたことに大輝は驚いた。

「おまえ、写真撮るの好きだよな」

「好きだったよな」とは訊かず、あえて今でもそのはずだと言いたげなトーンの質問に、大輝はとまどった。

「好きだけど……そんなことやってる暇ねーよ、もう」

「一眼レフまだ持ってるだろ」

「だから？」

「この夏、北海道へ行かないか？」

「無理だよ。予備校の夏期講習あるから」

おまえだって夏期講習を受けるだろうに、というような一瞥《いちべつ》をくれると、大輝は机の上の問題集に視線を戻しかけた。そのタイミングで、翔太は前の夜に考えた「策」を放った。

「AO入試のポイント取りたくないか？」

「どうやって取るんだよ？　そんなの」

大輝が再び顔を上げた。一、二年で成績が伸びず、大輝が最近になってようやく焦りだしていることは知っている。案の定、食いついてきた。

「全国大会出場」

「ハア？　全国大会？」

思わず声量が大きくなり、ほかの生徒から「シーッ」というクレームが出た。声を落として、大輝が訊いた。

「何の？」

「写真」

わざわざ訊かなくても察しがつく質問を、大輝はあえて口にした。翔太は翔太で、俺がおまえのところに来たんだから、もうわかってるだろうに、という焦《じ》れったい気持ちをこらえて答えた。

「……で確率は？」

「五〇〇分の一八」

「三・六％。それって超難関じゃん。ありえない。絶対ありえない」

こういう計算は相変わらず速いな、という内心の苦笑を殺して、翔太は説得を続けた。

「そんなの、やってみなけりゃわからないだろう」

「時間と労力の無駄。コスパ最悪」

策は失敗に終わった……かに見えた。しかし、翔太の策は二段構えだった。

「霧島絢香《あやか》も行くぞ」

「！」

本当なんだろうな、という表情で、大輝は音楽プレーヤーの停止ボタンを押した。

(長い付き合いだ。おまえのウイークポイントなんかお見通しなんだよ)

あれだけ夢中になって一緒に写真を撮っていた親友の大輝が、写真から離れていった。その一因となったもののことを翔太は忘れていない。ちょっと恨みがましい気持ちさえ、翔太は絢香に対して抱いていた。

(問題は霧島のほうだ。さて、うまくいくかどうか。〝ボランティア部〟ってところに賭けるしかないな……)

霧島絢香が所属するボランティア部の部室前に、翔太は所在無げに立っていた。街頭募金活動に出ている絢香の帰りを待っている。部室の中からはにぎやかな笑い声が聞こえる。

（やっぱり部室があるっていい。部員がいるっていいよなあ）

翔太はそう思わずにはいられない。

彼女とも小学校時代からの付き合いになる。大輝と一緒に写真に夢中になっていた小学六年のころ、箒にまたがって宙を飛ぶトリッキーな連続写真を撮ろうと計画したときのことだ。最初、大輝が被写体になってやってみた。それなりに上手《うま》く撮れたが、やはり箒に乗って飛ぶのは魔女でなくちゃ、ということで、一学年下の絢香に魔女役を頼んだのだ。モデルにピッタリの子がいる、と霧島絢香の名前を挙げたのは大輝だったが、彼女をくどき落とす役は翔太が押し付けられた。あれで、大輝は案外シャイなのだ。

（あのときは気がつかなかったけど、大輝のやつ、女の子をモデルにしようっていうのは、霧島に近づくための口実だったんだろうな）

大輝の狙いがなんであれ、彼女が頼まれるとイヤとは言えない性格であることは、そのとき確認済みだ。高校でボランティア部に入ったと聞いたとき、いかにも霧島絢香らしいと思ったものだ。

（あの撮影には霧島も面白がって参加してくれたから、写真が楽しいものだということは、彼女もわかってくれているはず……）

そう思っているところへ、絢香が部員と一緒に戻ってきた。間近で見るのは久しぶりだが、人を惹きつける愛くるしさは健在だ。大輝がいまだに好きなのもうなずける。大輝を写真の世界に引き戻すために、なんとしても彼女をもう一度くどき落とさないといけない。

翔太は募金箱に小銭を入れた。

「ありがとうございます」

「あのー、霧島さん」

「はい？」

「人を助けるんだよね、ボランティア部って」

「人によると思いますけど」

久々に翔太と話す絢香にも、軽い高揚感があった。心なしか顔が紅潮している。

「人助けだと思って、北海道行きませんか？」

「助けるって誰を助けるんですか？」

「助けが必要な人」

「北海道行って、何するんですか？」

「美味しい物を食べて、星を見て、写真撮らない？」

まだ小学生だったころ、「魔女をやってくれないか」と翔太が頼んできたときも絢香は面食らったが、今度の頼みもそれに劣らず奇天烈《きてれつ》なものだった。

「それって、人助けじゃないですよね。ヤバそうなこと企んでませんか？」

「今まで見たことない景色、見たくないですか？」

「ますますヤバい」

「一緒に写真撮りに行こうよ。北海道に」

「無理ムリ、写真なんて絶対ムリ。北海道、寒いし、熊出るし。それにスマホしか持ってないし」

派手にデコったスマホを手にして、絢香は拒絶のそぶりを見せた。しかし、翔太はかえって手応《てごた》えを感じていた。

(写真なんか興味ない、とは言わなかった。これなら脈がある——)

翔太は写真甲子園について説明した。あわせて、夏の北海道は涼しいからいい、大勢で行くから熊なんか出ない、カメラだって持ってなくても貸してもらえるから問題ない、ということも話した。そして、部員を三人揃えて写真甲子園に出場にすることで、廃部の危機をむかえている写真部をなんとか存続させたいから、力を貸してほしいと頼み込んだ。

ついには膝を折って土下座までした。

「この夏だけでいいんで、写真部員になってください！　お願いします!!」

「いや、ちょっと、起きてください。困ります先輩。やめてください、こんなところで」

美味しい物を食べよう、星を見よう、という誘いには乗らなかった絢香も、「力を貸してほしい」と頭を下げられ、しかも土下座までされると、心が動かないわけにはいかない。

迷っている絢香に翔太は、ここで今すぐ返事しなくてもいいからちょっと考えてみてほしいと言って、とりあえずその場を離れた。

そして、去り際に一枚の写真を渡した。それを見た絢香は、「あ、これ……」と軽く驚きを口にした。写真のなかで、小学生の絢香が三角の黒い帽子と黒いマントを身につけ、はちきれんばかりの笑顔を見せながら箒にまたがって宙を飛んでいた。

写真のなかの可愛い魔女は、「ほら、写真ってこんなに楽しいんだよ。忘れたの？」と、大人になった自分を誘っていた。

3

「リピート・アフター・ミー。You can't get away from yourself by moving from one place to another.」

少し誇張気味にイントネーションをつけた久華英子の声にしたがって、教室の生徒たちがけだるそうにリーダーの一節を音読する。

（どうして、こうも顔つきが違うんやろか？）

夢叶だけが音読するのも忘れて、久華の顔をまじまじと見つめている。

授業のときの英子先生は優しい英語のセンセそのものなのに、写真部に来たときは鬼の久華顧問に変身する。昨日もそうだった。満足できる写真が撮れたと思って見せたのに、返ってきたコメントはこうだった。

「あんたら、この写真で納得できるの？　もっと被写体に迫って、内面を引き出さんと、これじゃ、ただ写してるだけやん。そりゃ、短時間では難しいけどね。何じゃこりゃ！っていうのを撮ってこい！」

昨日だけではない。たいがいがこんな調子で、めったに誉められることはない。「がんばりや。がんばりは必ず帰ってくるから」という最後の励ましがなければ、泣きだす部員がいたっておかしくない厳しさだ。

「ここでヘミングウェイが言っとるのは、人はな、何処《どこ》に行こうが、自分からは逃げられへんということ」

夢叶は久華の顔を見ているが、話は聞こえていない。

（わが子をセンジンの谷に突き落とすライオンって、きっとこんな感じなんやろな。そのライオン、一〇〇パー、雌《メス》やわ）

妄想のなかでは「センジン」が漢字変換できなくてもかまわないから、ありがたい。

「何処《どこ》に行っても、必ず自分っていうものがついて来る……」

（英子センセは「もっと被写体に迫って、内面を引き出さんと」って言《ゆ》うけど、写真部でウチらの写真にダメ出ししてるときのセンセの顔を撮れたら、きっと満点くれるんとちゃうやろか。内面、出まくりやでアレ。英語の授業のときの写真とあわせて組写真にしたら、初戦突破間違いなしや）

「……………さん、尾山さん、聞いてますか？」

（やっぱ写甲に出すのは、あのたこ焼きの子らの写真にしよ。センセが珍しく誉めてくれはったやつやし。うん、あれがええわ）

「ミス・ユメカ・オヤマ！」

「は、はいッ」

「スタンダップ・アン・リード・アゲン!!」

一瞬だけ英子センセの顔が久華顧問の顔になった。夢叶がパニクッているところに、教頭の多田が入ってきてなにやら久華と話を始めたので、授業はそこで時間切れとなった。かろうじて千尋《せんじん》の谷に突き落とされずに済んで、夢叶はホッと胸をなでおろした。

放課後、部室に行くと、さくらと未来が先に来ていた。

「あんた授業中、ボーッとしてたな。やっぱ、あのことやろ。どないするん？」

同じクラスのさくらは、夢叶の様子がおかしかったことに気づいていた。

「夢叶センパイ、行っちゃうん？　ボストン」

未来も訊いてきた。

あのこととは、夢叶がこの夏休みを、父の単身赴任先であるボストンで過ごすことになるかもしれないということだ。行くとなれば、当然、写甲の本戦出場は難しくなる。


数日前、写甲応募用の写真を撮りに駈け回って、どの写真にするか部員たちとファストフードで遅くまで検討していたので、帰りが夜一〇時を超えてしまった。家に着くと、母親の香織が台所から出てきた。

「ご飯は食べてきたん？」

「食べてへん。ドリンクバーだけ。お腹カポカポや」

「そこに用意してあるから食べて」

写甲出場をめざしてがんばっている娘のことを、母は理解してくれている。高校生の娘が連日こんなに遅くまで帰ってこないことにも、心配な顔をしながらも、小言は言わない。それは素直にありがたいと思っている。

夢叶が食卓につくと、香織は温め直したシチューをよそいながら言った。

「おとうちゃんがな、夏休み、ボストンに来いって言《ゆ》うてんねん。仕事がめっちゃ忙しくて、帰って来れへんねんて。いいよね、おかあちゃんと一緒に行っても」

母の気遣いがわかるからこそ、ボストン行きを一方的に拒否するわけにもいかないのだ。父親に会いたいかどうかはビミョーなところだが、ボストンという街の響きに惹かれていることも否定できない。とはいえ、何と言っても写甲がある。

「……部活があるで」

いっそのこと、母のほうから「あんたは日本に残って、部活がんばり」と言ってくれたら気が楽なのに。

「おとうちゃん、もう一年以上も行きっぱなしで、夢叶にも会いたがってたで。行ってあげようや」

「……」

その日はとうとう返事をしなかった。

「写甲、行けへんの？」

返事をしないまま下を向いていた夢叶に、さくらが再び声をかけた。夢叶は顔を上げて、多少強引に笑顔をつくった。

「あんたら置いて、行ける思う？　あんたらが心配で心配で、ウチはよう行けまへん」

芝居がかった物謂《ものい》いが、「他人《ひと》のせいにせんといて」というさくらのツッコミを呼び込んだ。未来も加わって二人で夢叶を小突きまわすと、夢叶が「強い、強いて」と大げさに悲鳴をあげてみせる。

「ま、初戦通らへんかったら、話にもなんにもならへんけどな。そんときはボストンでもどこでも行ったらええわ」

夢叶の髪を掻きむしっていた手を離してさくらが言うと、未来もそれに続いた。

「大阪ほどやあれへんけど、おもろい人はイギリスにもぎょうさんおるわ、きっと」

「アホ、ボストンはアメリカや。未来、今の天然やろ」

「いややわ〜、さくら姐《ねえ》さん、ボケに決まってはりますがな」

さくらと未来お得意の即興コントが始まりそうな気配を制して、夢叶が部長らしく「ほな、写真選ぶよ」と宣言した。それを受けて、さくらが全員に「許可取ってへん写真は出さんようにね」と注意をうながす。そして、これまで部員が総掛かりで大阪の街じゅうを駈け回って撮り溜めた写真が、テーブルの上にわさっと広げられた。

写甲に応募するにあたって関西学園写真部が決めたテーマは〝人〟。シンプルすぎるくらいシンプルだが、これがもっとも〝大阪〟が出るし、自分たちがいちばん得意にしているテーマでもあった。数百枚の紙焼きに写った大阪の〝おもろい人〟たちが、印画紙の向こうから「うまいこと撮れてるやろ？　被写体がええからや」と口々に話しかけてくるようだ。

そのなかからとびきりの〝大阪のおもろい〟をチョイスすると、夢叶たちは箱に収めて封をし、応募先の住所を貼った。そして、部員全員で掌《て》をあわせて願をかけた。

「審査結果が出るまで、ウチ、マクド断ちする」

と未来が突拍子もないことを言いだした。みんなが「おおッ」「強者《つわもの》！」「勇者降臨！」と驚嘆するなか、さくらがすかさずツッコんだ。

「とか言《ゆ》うて、あんた、元からミスド派やないの」

未来が頭に右手の拳をのせ、ひょうきんに〝てへぺろ〟してみせた。

審査結果はまだ先だけど、やれるだけのことはやったよねアタシたち、という達成感が部室を支配していた。

（これでダメだったら、未練はない。ボストンに行く。ボストンでおもろい写真撮ってくるわ――）

夢叶は肚《はら》を決めた。肚を決めたら、腹が鳴った。

「ほな、みんなでマクド行こか。未来、今日だけやで」

＊　＊　＊

土曜だというのに出勤を強いられた制服姿のＯＬ二人組が、翔太たちから数メートル離れたベンチに腰かけてお弁当を食べている。手前側の女性の箸が、黄色いおかず――たぶん玉子焼きだろう――を摘んで持ち上げたまま、しばらく宙で静止している。

「マジ？　それヤバくない？」

短くも鋭い驚嘆の声が漏れ聞こえてくる。前々から目をつけていたレアなファッションアイテムか、あるいはイケてる草食系男子をゲットした、というお気楽な話ではなさそうだ。よほど衝撃的な社内ゴシップがあったらしいことは、彼女の引きつった横顔から容易に想像できる。

都会の隙間では、黄色い本物の花も咲けば、噂話の花も咲く。あの玉子焼きはさしずめ、噂話の花の果実といったところだ。土曜でさえこうなのだから、平日の昼下がりのビジネス街の公園は、小さな人間ドラマの果実がたわわに生《な》っているのだ。そのことを翔太は経験的に知っている。

（ああいうところを撮れるんだったら、人を撮るのも面白いのにな……）

オフィスビルの灰色をバックに、玉子焼きの黄色が、今にも箸からこぼれ落ちそうな感じで頼りなげに浮かんでいるところを撮りたくなった。

ふと大輝のほうを見ると、どうやら大輝も同じ被写体に目をつけているらしい。かつて一緒に同じ被写体を撮りまくった相棒は健在だ。大輝の〝昔とった杵柄《きねづか》〟が朽ちていないことが確認できた気がして、翔太はうれしくなった。

だが、今はそれどころではない。なにしろ、ボランティア部から借りてきた、カワイイけれどとうてい役には立ちそうにない〝猫の手〟に、カメラのことを一から教えなくてはならないのだ。

「白いマークを合わせると……」

一眼レフのカメラのボディにうまくレンズを嵌《は》められず苦戦している絢香に、翔太はやり方をやさしく教えた。

（わかっていたことだけど、そこからかよ……）

という内心の落胆と焦りは、もちろんおくびにも出さない。

そのカメラは、顧問の高島先生と前任の武部先生がふたりでお金を出し合って購入して、桜ヶ丘学園写真部に永久貸与してくれたものだ。機種は、万が一、写真甲子園の本戦に出場となった場合でもまごつかないようにと、これまで本戦でもしばしば使われているキヤノンのEOS Kissにしてくれた。

レンズは今のところ標準レンズだけだが、しばらくのあいだ、武部先生が自分の広角レンズとマクロレンズを貸してくれることになった。

事実上、これが絢香のカメラとなる。自分のカメラなのだから、機器操作ぐらいは早くマスターしてもらわないと……。

「入った！」

「霧島さん、カメラの素質があるじゃん」

歯が浮く、とはこのことか、と翔太は知った。

やっとレンズは嵌まったが、今度はカメラの筐体《きようたい》の両側をほとんど両手で挟むようにして、持ちにくそうにしている。

「（くじけるな、俺！）ああ、コンパクトデジカメだとそういうふうに持つけど、これはね、まず左の掌《てのひら》にレンズとボディを乗っけるようにする。で、右手でグリップを握る。右手の人差し指は、常にシャッターボタンに軽くふれる感じにしておくといいよ」

絢香は翔太に言われたとおりにしている。

「そして、ファインダーを覗いて、額をアイカップに……あ、ファインダーの周りに付いているやつね、それに額を押し付けて、両手と額の三点でカメラを固定する感じでかまえる……そうそう。う～ん、霧島さん、なかなかかまえ方がいいね。一眼レフの初心者とはとても思えないなぁ」

あまりにあからさまなヨイショだが、絢香はまんざらでもなさそうだ。

背後で大輝があきれ顔をしているのは、わざわざ振り向いて見ないでも察しがつく。でも、ここはなんとしても絢香をノセないと――。昔のように呼び捨てじゃなく、「さん」付けで呼んでいるところにも、翔太の必死な太鼓持ちっぷりがにじみ出ていた。

絢香は戦力としては当てにできない――今日、初めて三人での撮影をすることになったが、その数日前、電話でその件を打ち合わせているときに、大輝がその懸念を口にした。

「じゃあ、誰かもっと使えるヤツを探そうか」と翔太が意地悪い代案を出すと、大輝は慌てて、

「いやいや、それはさ、ほら、もう決まったことだし」と否定してくる。

それが翔太にはおかしくてたまらない。大輝をからかってばかりでは悪いので、秘めていた〝秘策〟を披露した。

「いざとなったら、霧島をカメラマンとしてじゃなく、モデルとして使う手もある」

「エッ？　い、いいのか、それ？」

「ああ、写甲の規定に、自分たちを撮っちゃいけないってルールはない」

「!!」

電話の向こうで、大輝が思わず椅子から立ち上がったのが、手に取るようにわかる。それはそうだ。好きな子の写真を大っぴらに撮れる。こっちを向いて微笑《ほほえ》んでもらったり、お気に入りのポーズをさせたりもできるのだ。それまで今ひとつ胆《きも》がすわっていなかった大輝が不退転の決意をかためた瞬間の、「ヨッシャーッ！」という口には出さない鬨《とき》の声が聞こえてくるようだ。

（あとは霧島だ。彼女さえつなぎ止めておくことができれば、自分と翔太のふたりでなん

とか勝負になる)

そんな翔太の心の声を知ってか知らずか、絢香が一眼レフのファインダーを覗きながらハードルを上げてきた。

「私さ、奇跡が起きて北海道に行くことになっても、行けないかも」

「なんで?」

翔太のなかのアラートが緊急発令された。

「男子二人と男の先生のなかに女子一人だから、親がダメだって」

大輝は青ざめたが、翔太はシミュレート済みだ。

「いきものがかりやブリリアントグリーンは、男二人と女一人じゃん」

絢香が納得しないと見ると、翔太はもう一枚用意していたカードを切った。

「じゃあ今度、高島先生と一緒に家まで説明に出向くよ」

そこまで言われては、もはや絢香に反論の材料はない。

(……よし、封じ込んだ。事後承諾だけど、高島先生にはひと働きしてもらおう。あとはこっちの問題だ)

「じゃあ、とりあえず何か撮ってみようか」

「え、もう？　そんな簡単でいいの？」

「絞りとか細かいことは後々教えるから、まずはシャッターを切る感じを味わってみようよ。人にカメラを向けるときはその人に許可をとらなきゃなんないから、今日は人じゃないのがいいかな。あっちの花壇にパンジーとか咲いてるから、あれなんかいいんじゃない？」

さっそく絢香は花壇のあるほうへ向かった。心なしか楽しげな感じもするその後ろ姿を見やる翔太に、大輝がぼそっと言った。

「おまえ、このあと、『最初からこんないい写真が撮れるなんて、才能あるよ』とか言うつもりなんだろ」

「わかってるなら言うなよ」

「さっきのヨイショなんて見てらんなかったぞ。なんだよ、レンズが嵌められたから『カメラの素質がある』って」

「そうか？　ま、気分よく写真を撮ってもらえれば、それ以上のことは……。それよりおまえ、昨日の三者面談どうだった？」

「おまえの面談でエスカレートした校長が、炎上したままこっちに来たよ。エラい迷惑だったぞ」

「予備校に行かない？　写真甲子園だか何だか知らないけど、君はいったい何考えてるの？」

本人、保護者、担任の三人でやるのが三者面談のはずなのに、そこに校長が出しゃばってきていた。とはいえ、その事態は翔太にとっては想定内のことだった。

「そうよ、翔ちゃん、ママが絶対に許しませんからね。お願いだから、校長先生の言うこと聞いて予備校に行って」

佐伯校長の小言に母親の真由美が乗っかってきたが、翔太は無言を通した。予備校の夏期講習に行かないことは、すでに母親には話してある。

「うちの学校は毎年何人も東大に入ってるんだよ。君のせいで偏差値を下げられちゃ困るんだ」

その物謂《ものい》いには、さすがの母親も乗れなかった。

「校長先生、それは言い過ぎではありませんか？　うちの子はそれほどバカじゃありません」

「あ、はい」

翔太はいっさい返事をしなかった。

「…………」

覚悟はとうに決めているのだ。翔太にとって、今日の面談は単なる通過儀礼でしかない。かといって、下を向いて心を閉ざしていたわけでもなかった。むしろ大人たちの顔をまじまじと見ていた――ただし、脳内にイメージしたフレームの中に収まった、珍しい被写体として。

(怒った顔を正面から撮った写真なんて見たことあったかな。いろんな写真集を見たけど、記憶にない。お、校長の鼻の頭に脂が浮いてる。ははぁ、その脂でメガネが少しずり落ちてきてるんだ。こういう脂のテカリ具合もちゃんと押さえておきたいところだな。この顔、写真に撮れたら、本戦出場間違いなしなんだけど)

「…………」

(たとえ頭に描いたレンズでも、それを通して見るのと裸眼で見るのとでは、見え方がずいぶんと違ってくるものなんだ。もし、レンズ越しにモノを見る習慣が俺になかったら、きっとこんなふうに面談中に校長の顔を観察するなんて余裕はなかったにちがいない。内心はイヤだと思いながらも校長の言い分を受け入れるか、あるいは逆に、キレてその場から飛び出してたかも。写真をやってることが、こんなところで役に立つとはなあ）

「…………」

何も言わずにじーっと見つめ返す翔太が、佐伯校長にはだんだん薄気味悪くさえ思えてきた。

「と、とにかく偏差値を上げて！」

校長はそう言い捨てると、長い教職生活のなかで最も実りのない面談をニガニガしく打ち切った。

校長のやり場のない怒りは増幅されて、次の面談に呼ばれた大輝に向けられた。

「君まで一体何を考えてるの？　予備校を休む！　夏休みに写真を撮りに北海道に行くかもしれない!!」

大輝の母親も金切り声をあげた。

「大ちゃん、ちゃんと予備校に行って。来年、大事な東大受験なんだから」

大輝には、翔太のように面談をやり過ごすだけの戦略はない。その代わり、霧島絢香という守護神が大輝を生暖かく見守っていた。そこにすがるしかないが、そんなことは口に出せるはずもない。

「勉強もするし、写真甲子園にも行くんだ！」

「何を言ってるの。世の中そんな甘くないの。君は負け組になりたいのか？　この前まではあんなに素直だったのに」

大輝は下を向き、歯を食いしばって堪《こら》えている。

そして、ついに校長はターゲットを定めた。

「……写真部だな」


「ほんとに大変だったんだぞ。母親も校長に『写真部なんてすぐ廃部にしてください！』なんて直訴してさ」

撮影を早々に切り上げて学校に戻る途中、大輝のグチが止まらない。

「家に帰ってからがこれまたひと騒動で。夏休み最後の模試で東大にB判定が出なかったら、半年間小遣いなしって約束させられたよ」

「写甲のルールに受験参考書の持ち込み禁止っては書いてなかったから、持っていって向こうでも勉強すればいいんじゃない？」

「言われなくてもそうするよ。あ～あ」

一方の絢香は歩きながらも、さっき撮った一眼レフのデビュー作品をモニターに呼び出して、取っ替え引っ替え眺めている。

「そっか、思ったよりもっと寄らなきゃダメなんだ……」

絢香が意外にも写真の面白さに目覚めた気配を漂わせているのは、翔太にとってうれしい誤算だった。

「いい、と思ったら、そこからさらに一歩前に出て撮れってよく言うからね」

「そうなんだ」

「人を撮るときにはとくにそう。次は、絢香さんと大輝とでポートレートの撮り合いをするといいよ。そのことがよくわかると思う。大輝、やってあげなよ。忙しくて無理なら、俺がするけど」

校長と母親にやりこめられた傷にはこれが効くはず、と言わんばかりに、その役を大輝に振った。

「あ、ああ、べつに大丈夫だけど」

翔太の心づくしの贈り物を、大輝はありがたく受け取った。

三人三様の、妙に浮き浮きした気持ちで学校に戻ると、〝部室〟があるはずの廊下の突き当たりが、きれいさっぱり片づけられていた。ただでさえ名ばかりの部室がただの廊下になっていて、天井からぶら下がっている『写真部』の木札だけが、かつてここが部室と呼ばれていたことを物語っていた。校長の行動は敏速だった。

三人は職員室の高島のもとに駈け込んだ。

「どうした？」

高島が問うと、絢香が今にも泣きだしそうな声で答えた。

「部室が……ない」

職員室を飛び出した高島が向かった先は、校庭の隅にあるプレハブの物置だった。すべりの悪い引き戸を力まかせに開けると、狭くて埃《ほこり》っぽい空間のなかに、何に使うのかよくわからない道具やら什器《じゅうき》が雑多に押し込まれていた。それらに交じって、写真部が使っていた机や棚、それにプリンターとパソコンが、精密機器の取り扱いとは思えないぞんざいさで置かれていた。

みんな呆然と立ち尽くすほかなかった。

「校長、ここまでやるか」高島の憤りが生徒たちにも伝わっていた。

するると、われに返った翔太がガサゴソやりはじめた。翔太が探しているものが、大輝にはすぐにわかった。

「ハードディスクか？」

自分の作品だけではなく先輩たちのものもふくめて、これまで撮り貯めた写真データのすべてが外付けのハードディスクに入っている。いわば、桜ヶ丘学園写真部の歴史であり財産だ。それが見当たらない。

翔太は探しものの手を休めずに「ああ」とだけ返事をした。

「どんなやつだ？」

「シルバーと黒。全部で五つ」

探しものをするにはもう薄暗い。高島が裸電球のスイッチをひねった。わびしい光に照らされて埃《ほこり》が舞っている。

校長が実力行使に出てくるとは、さすがの翔太も計算外だった。

「……そんなに悪いことなのかな、写真を撮るって……。やっぱり……」

翔太がつい弱音を吐くのが、大輝の耳に届いた。

「今さら何言ってんだよ！　応募前にくじけてどうすんだ。どうせいつまでも廊下を占領しちゃいられないんだ。かえって手間が省けたっつーもんだ。ほれ、この棚を動かすぞ。そっち側を持ってくれ」

必死になってハードディスクを探す男たちの姿を見つめていた絢香が、誰に聞かせるともなくつぶやいた。

「……この人たち、困ってる。本当に困ってるんだ」

校長の策謀は皮肉にも、絢香のボランティア精神の起動ボタンを押してしまったようだ。

「あった!!　翔太、これだろ？」

大輝がハードディスクを見つけて掲げると、それを見た翔太がうなずいた。

「あったか！　よし、念のため動作確認をしてみるぞ。椿山、机を運び出せ」

「運び出せって、先生、どこに？　部室はもう……」

「その外でいい。部室があるから部員がいるわけじゃない。部員がいるところが部室なんだ。中野、そのへんにコンセントの差し込み口はないか？」

「えっと……あ、ありました。でも延長コードが……」

「ボランティア部に使ってないのがある。あたし、取ってきます！」

言い終わる前に絢香が駆けだした。

元からドアがなかった桜ヶ丘学園写真部の新しい〝部室〟は、さらに屋根まで失った。けれども、屋根のない部室につどう写真部員は三人に増えていた。

絢香が息を切らせながら持ってきた延長コードで電源を確保し、パソコンを起動させた。プリンターも正常に作動するようだ。ジージーというじれったい音とともに、少しずつ三色のパンジーの写真が出力されはじめた。今日、絢香が撮ったデビュー作品だ。それはまるで今まさに花びらが開きだしたかのようで、全員が印画紙の上に咲いた花に見とれた。

「思ったよりキレイに撮れてるみたい……」

うれしそうに自作をながめる絢香に、翔太ではなく大輝が言った。

「最初からこんないい写真が撮れるなんて、才能あるよ、霧島さん」

「ありがとう、大輝クン」

絢香が満面の笑みで、しかも「大輝クン」と小学生のときの呼び名で応《こた》えた。裸電球が大輝の顔をよけいに紅く照らした。翔太はこみ上げる笑いをこらえながら、大輝からそっと離れた。

ふと振りむくと、裸電球の明かりにほんのりと照らされながら、自分が撮った写真をいとおしそうに見つめる絢香の姿が目に映った。翔太はハッとした。絢香がフェルメールの絵画に描かれた少女のように見えた。そして、なかば無意識にカメラを手に取って、その〝写真を見る少女〟をフレームに収めていた。

翔太が絢香を撮っていることに気づいた大輝が、その役目は俺にくれたんじゃないのかよ、といった不満げな顔をした。

その写真部員たちの〝野外活動〟の様子を、離れた場所からうかがっている影があった。佐伯校長だった。

「……どういうこと？　逆に、部員が増えてるじゃない……」

カウンターパンチをくらった校長の口からつい、敗北宣言にも似た独《ひと》り言《ごと》が漏れた。

＊　＊　＊

東京・品川にあるキヤノンマーケティングジャパン本社ビル「キヤノンSタワー」のホールに、全部で三〇卓の白い審査台が、規則正しく三列に配置されている。この上に、全国五〇〇校以上の高校から写真甲子園初戦審査会に送られてきた八枚一組の組写真、計四〇〇〇枚あまりが地区ブロック別に並べられている。それらが今日、丸一日かかって審査されるのだ。

応募作品はまず北海道東川町の写真甲子園の事務局に送られる。そこで写真の枚数や大きさなどが応募規定に沿っているかどうかがチェックされ、その後、東京にあるキヤノンの担当部署に回送される。そして今日の初戦審査がおこなわれ、ここで選ばれた高校が、およそ二週間後のブロック別公開審査で自分たちの作品をプレゼンテーションし、評価と審査を受ける。

ホール右奥の審査員席には、著名な写真家、カメラ雑誌の編集長、フォトキュレーターら写真のプロたち、総勢一四名が陣取っている。審査が始まるまで談笑しているが、写真の話はあえてしない。誰かが「このあいだ賞を獲った」という話をしたとしても、それは「木村伊兵衛写真賞」のことではなく、「日本ダービー」とか「春の天皇賞」のことだ。

東川町の松岡市郎町長とキヤノンマーケティングジャパンの会長も顔を見せ、「もうこんな季節なんですね。早いものだ」と挨拶をかわしている。自治体や企業の要職を務める人物たちだが、その表情は、孫たちの成長を見るのを楽しみに田舎から出てきた祖父といった面持ちだ。

対照的に、東川町から来た写真甲子園の実行委員会の担当者たちや、キヤノンの各関連部署の社員たちは、緊張した表情を隠せない。とくに、審査票の集計スタッフは笑顔ひとつ見せず、集計作業の手順や動作の確認をしている。翌日の夕方にはブロック別審査の出場校が専用サイトで発表される段取りになっていて、それを応募校の生徒たちが首を長くして待っているのだから、ミスや遅れは許されない。おのずとピリついたオーラを全身から発散している。

ホールの左側には、写真甲子園のOB・OGたちが、作品の陳列・回収をする十数名のアルバイトスタッフとしてスタンバっている。作品を汚さないよう、全員が白い手袋をはめている。リーダーの手が挙がるのを合図に作業にかかる。作品の裏には並べる順番が指示されていて、それにしたがって写真を配置してゆく。審査開始一時間前には集合して準備・練習を済ませているから、動きにムダがない。

写真と一緒に応募票も並べられる。応募票には、組写真のタイトルやメッセージなどが手書きで書いてあるが——タイトルだけで、あえてメッセージを書かない学校もある——、学校名を書く欄はない。作品を入れる封筒も裏返しになっていて、学校名が見えないようになっている。もちろん、審査のさいに先入観が入るのを防ぐためだ。

「では、準備ができましたので、審査員の先生方、よろしくお願いします。最初は北海道ブロックから。審査票はAの1です」

進行役に指示されたハガキほどのサイズの審査票を手に、審査員たちが立ち上がる。その瞬間、ついさっきまで浮かべていたなごやかな表情と軽口がみごとに消え去る。

審査台の間を、何人もの審査員たちが行きつ戻りつしながら、すれちがいざまに短い言葉をかわしているさまは、まるでエサを見つけて情報交換をする働きアリの群れを思わせる。

五〇〇校以上の高校からの応募作品をすべて審査・採点しなくてはならないのでテキパキと処理したいところだが、そう機械的には運ばない。後の作品を見て、前の作品の評価を変えたりすることもある。どうしたって時間どおりには終わらない。

採点はすぐにパソコンに打ち込まれ集計されて、翌日の夕方には審査結果が専用サイトで公表される。応募してきた高校生たちは一刻も早く結果を知りたくてその発表を待っているが、採点は予想どおり遅々としてはかどらない。最初のブロックから時間オーバーは必至だ。

なかでも採点が遅れ気味なのが、審査委員の竹田《たけ》津実《たづ》だ。膨大な作品の一点一点を、まるで生まれたばかりの動物の赤ん坊でも見るかのように愛《いと》しげに眺めている。

竹田津は児童文学作家だが、長年、ケガを負った野生動物を保護・治療して自然にかえす仕事をやってきた獣医でもある。キタキツネの生態調査では、その方面で知らぬ者はない。カメラマンとしても、野生動物の写真集を出すほどの腕前を持っている。現在は第一線から退いて、写真甲子園の本戦開催地である東川町に住んでいる。つまり、初戦の審査のために、わざわざ東川町から東京まで出向いてきているのだ。

すぐ先から、ボールペンで台を叩く音が竹田津の耳に入ってきた。音の主は、写真甲子園の第一回大会から審査委員長を務めている写真家の立木《たつき》義浩だった。気になる写真があるとボールペンでそこを叩くのが癖なのか、一枚の写真にしきりと反応し、台を連打している。気になった竹田津は、近寄って立木に声をかけた。

「今年はどうですか？」

声をかけられて、立木はやっと顔を上げた。

「やはり、どの学校も〝傾向と対策〟をしっかり練ってますね。年々そうなってきています」

「それだけ写真甲子園というものが普及した証《あかし》でもあるんでしょうが……」

竹田津は大きくうなずいて言った。

「何をどう撮れば審査員から高い評価を得られるかってことを研究して、戦略を立てて、そういう写真を送ってくる。もう、審査されているのは審査員のほうじゃないのかって思うことがありますよ」

短く刈り揃えた白い口ひげが、日焼けした肌の上で苦笑している。立木は続けた。

「たしかに傾向と対策は進んでいる。技術水準も上がっています。ただね……被写体と真《しん》摯《し》に向き合おうとする姿勢というか、気概というか、そういうものはかえって後退しているような気がしてならないんですよ」

立木の懸念を竹田津も共有していた。竹田津が長年撮りつづけてきた野生動物は、撮影する側の思惑《おもわく》などこれっぽっちも――流行《はやり》のことばで言えば――忖度《そんたく》してくれはしない。長い時間をかけて被写体と真剣に向き合って初めて、ほんの一瞬シャッターチャンスが訪れる。そのことをよく知っている竹田津には、立木の懸念が痛いほどわかる。

「できれば、被写体と正面からぶつかろうとする姿勢が感じられる作品に、多くめぐりあいたいですね。その点でいうと、この写真なんか……」

立木は今見ていた写真の台を再び叩いた。

「ヤラセ、というと語弊がありますけど、演出というか、わざと顔を〝つくった〟のかなとも初めは思ったんですが……どう思われます？」

写真のなかでは、中年男性が正面からカメラのほうを向いて、怒っていた。竹田津が思わず「ほう、これは……」と声をあげた。

さっきまでの立木と同じように、竹田津も写真を凝視した。眉間のシワの寄り方、ゆがんだまま持ち上げられた口角、口から飛んだ唾まで、レンズがしっかり拾っていた。

「……う〜ん、私にはナチュラルに見えます。野生の動物に、怒るとこういう顔をするのがいますよ」

竹田津は他の写真に目をやった。怒った顔の写真はそれ一枚きりで、あとはたこ焼きを頬張る女子中学生の笑顔や、モヒカン刈りのパンクロッカーのキメ顔などだった。

「私もそう思います。もちろん〝つくった〟顔だからといって、それが一概に悪いとも言えませんが、これはそもそも、わざと怒ってみせた顔のようには見えない。そうなると、被写体の許可は取っているはずだから、この被写体の男性は、自分の怒った顔を写したこの写真に許可を出したということになります」

「そうなりますね」

「だとすれば、撮影者と被写体とのあいだに濃密なコミュニケーションがあったはず。被写体としっかり向き合って話をしていないと、そんな許可は出してもらえない。僕だって、人の怒った顔なんかめったに撮れない。撮れたとしても、使えない。ここにいる審査員のなかで、人の怒った顔を何枚も撮ったという経験があるのは、世界中の紛争地域に出かけて行ってる長倉さんぐらいなものじゃないですかね」

離れた場所で審査していたフォトジャーナリストの長倉洋海《ひろみ》が、お、なんかオレのこと呼んだ?という顔をした。

「そこも含めて、私はこの作品を評価したい。どうやってこんな顔が撮れたのか、ぜひ公開審査で本人たちに訊いてみたいですね」

竹田津はなんども深くうなずいて、その写真を見つめ直した。

「先生のほうでは何か気になる作品はありましたか?」

立木の質問に竹田津が答えた。

「そうですね。どれも表現意欲に満ちた、いかにも若者らしい作品ばかりですばらしいんですが、そのなかで私が心惹かれたのは、そういう表現意欲が前面に出ている作品よりも、なんというか、目の前にひろがる情景に魅せられて気がついたらシャッターを切ってしまっていた、とでもいうような写真ですね。裸電球の灯りのぐあいがまた良くて、なんともホッとさせられるというか」

竹田津がどの写真のことを言っているのか、立木にもすぐわかった。

「ああ、さっきの写真ですね。撮っている側の喜びと、撮られている側の喜びがシンクロしたかのような――」

「高層ビルを背景にした花の写真も良かった。撮影者の心情が意図せず写っているかのようで」

「あのう、先生方、恐れ入りますが、後ろがつかえておりますので、そろそろ前に……」

実行委員の進行役が申し訳なさそうにふたりを急《せ》かした。いつの間にか立木と竹田津の後ろに他の審査員が溜まっていて、ふたりのやり取りに耳を傾けていた。

「おっと、これは失礼」

立木と竹田津はあわてて次の台に向かった。

ホールの左側に並んでいるアルバイトスタッフのOBが、隣のOGに小声で話しかけた。

「今日、遅かったじゃん。寝坊だろ」

「ちがうって。西武新宿線が遅れたの。それよりさ、先生たちが集まってる写真ってどんなやつ？　どこの学校の写真のこと言ってるの？」

「さあ、どこだったかな。回収のときに見ればいいだろ」

「う～ん、気になる……あの写真、見たいな………ちょっと見てくる！」

審査員が散っていなくなった台の前に、別なギャラリーができはじめた。

＊　＊　＊

「いよいよ今年も、写真甲子園の季節がやってまいりました」

札幌・大通り公園の前から、テレビのニュースキャスターが実況中継をしている。

「全国五〇〇校以上の高校から、初戦と地域ブロックを勝ち抜いた一八校の高校が決まりました。まず北海道ブロックからは、地元、札幌北光高等学校。出場選手は、写真部のリーダーの松下はるかさん、藤井美里さん、そして矢野亮太さんの三人です」

画面が、厚別の野幌《のっぽろ》森林公園の一角にある北海道百年記念塔の前に切り替わった。塔をバックに撮影ポイントを探して走るはるかと美里。ふたりの後ろからは荷物運び役の亮太がついてくる。

「九州・沖縄ブロックからは、昨年優勝した沖縄県立琉球高校。選手はリーダーの平良流《たいらる》那《な》さん、比嘉《ひが》美《ちゅら》さん、島袋ティルルさん」

画面は、首から一眼レフカメラを下げて那覇の国際通りを歩く制服姿の流那、美、ティルルを映し出している。

「沖縄県は何度も優勝校を輩出している強豪地区で、その激戦区を勝ち抜いた琉球高校の応募作品がこちら、『ごちそうさま』です」

那覇の牧志《まきし》公設市場内の肉屋。カウンターに「チラガー」と呼ばれる豚の顔の皮が置かれたインパクト満点の店のその奥で、店主のおじいが豚を解体している。おじいの日焼けした愛敬のある顔にきざまれた皺と、使い古した中国包丁を握る骨張った手を、陰影深く撮ったのがこの作品だ。濃密な匂いだけでなく、沖縄が背負ってきた厳しい歴史さえ立ち上ってくるかのようだ、と審査員たちに激賞された。

そして近畿ブロック、東京ブロックからは——。

＊　＊　＊

昨日のテレビではお天気キャスターが関東も梅雨《つゆ》入りしたと報じていたのに、それが誤報としか思えないような快晴だ。

初戦を突破した桜ヶ丘学園写真部の三人は、顧問の高島に引率されて品川駅に着いた。天候に恵まれた週末の昼下がりということもあって、改札周辺はビジネスマンよりも行楽客の姿のほうが多い。今日これから翔太たちは、東京ブロックの代表二校の座をかけて、公開審査で作品のプレゼンテーションをすることになっていた。

会場は初戦審査がおこなわれたのと同じキヤノンSタワーで、品川駅からタワーまで延びている空中回廊《スカイウェイ》を歩いて向かう。階下にひろがる品川セントラルガーデンの木々の緑は、もうすでに濃い。

「わあ、木のてっぺんを上から見下ろしながら歩くのって、なんか変な感じ！　そう思わない？」

これから公開審査で、夕方にはその結果が発表されるという緊迫した状況なのに、絢香はどこかピクニック気分だ。写真部員になってくれないかと頼みに行ったときは、久しぶりに話すということもあって、まだ翔太を先輩扱いして敬語で話していたのに、一緒に写真を撮る回数が増えるにつれてそれがなくなり、最近はすっかり友だち扱いに変わってきている。それはそれで、小学生時代の関係性が戻ってきた感じがして好ましくはあるけれど、今日の翔太には絢香のフランクな物謂《ものい》いが気にさわる。

（そっちは気楽でいいよな。こっちはこれから大勢の人の前でプレゼンを一人でやんなきゃなんないっつーのに）

作品のプレゼンテーション、それから審査員との受け答えは、リーダーが一人でやるものと決まっているわけではない。むしろ、三人で分担するチームがほとんどだ。しかし桜ヶ丘学園は、発表内容を考えることから始まって審査員との質疑応答まで、すべてリーダーである翔太がやることになっていた。絢香も大輝も、ただ並んで頭を下げるだけのために同行している。

せめて大輝が手伝ってくれたら、とも思ってはみたが、写真を撮ることだってしぶしぶの大輝が、プレゼンの内容を考えたり分担して発表したりなんかやってくれるはずもない。最初から「それは俺の仕事じゃない」と決め込んでいる。今だって、翔太たちの後ろをかなり遅れて歩いている。ときどき立ち止まっては参考書を開いているから、どうしたって遅くなる。

いや、大輝も絢香も、自分のほうから強引に誘ったのだ。プレゼンを一人でやるくらいは覚悟している。それよりも何よりも、東京ブロックの代表二校に選ばれるかどうかだ。梅雨どきの空がせっかく晴れてくれているというのに、翔太の顔は曇りっぱなしである。

ホール正面に貼られた映画館なみの巨大スクリーンには、プロジェクターで「写真甲子園」のロゴマークが映し出されている。その横には、晴れてブロック代表となった学校に授与される、大きなフラッグと記念の楯が置かれている。

前方が初戦を勝ち抜いた一〇校のための座席で、後方は公開審査を見にきたオーディエンスのための座席となっている。各校の写真部員たちや卒業生たちで席のあらかたはすでに埋まっていて——桜ヶ丘学園のOB・OGの姿はない——、キヤノンの担当者が予備の椅子を出して並べている。さすがの絢香もさっきまでのピクニック気分はどこへやら、一瞬にして緊張の色をあらわした。大輝も雰囲気に気圧《けお》されて、手にしていた参考書をカバンにしまった。

しばらくすると三人の審査員が入場して、プレゼンが始まった。

まず、作品のタイトルや狙いなどを二分以内でスピーチする。堂々とペーパーを読み上げるチームもあれば、完全に暗記してくるチームもある——たいがいは暗記に失敗して、あわててカンペに目を走らせることになる――。また、ストーリー仕立てになっていたり、三人がハモる部分とソロの部分とを使い分けたりと、各チームとも短い時間のなかに工夫を凝《こ》らしている。

スピーチが終わると一瞬会場の照明が消えて、八枚一組で構成された各校の力作が一枚ずつ順番に、一枚につき約三秒の間隔でスクリーンに映写される。そして最後に、八枚全部が映し出される。どの高校生たちも、自分の作品をこれだけ大きなサイズで見たことはない。自分たちの作品だからよく知っているはずなのに、まったく違った印象で自分自身に迫ってくる。見過ごしていた細部の粗《あら》が突然気になりだしてうろたえる者がいても、当然というものだ。

東京ブロックの代表審査委員は、本戦の審査委員長である立木義浩その人が務める。翔太はここに来る途中で顧問の高島から「立木先生は高校生でも容赦しない厳しい人だからな。覚悟しておけよ」と聞かされていた。そして、そのとおりになった。

「写真が説明的になりすぎていて、面白くない」

「被写体そのものの色で勝負するのではなく、あえてパソコンで色をのせた意味は何？」

「組写真としてはまとまりがある。でも、編集作業が上手《うま》いのと、写真自体が上手いのとは違うからね」

「写真に文字を入れ込んでいるよね。文字を使うのはズルい」

「中途半端な微笑みなら、ないほうがいい。もっと即物的に撮るべき」

「この方向のまま行くと、ただのインスタグラムになっちゃうよ。イヤでしょ」

口調が厳しいわけではない。むしろ優しいくらいだ。高校生たちの緊張を解こうとして、ジョークさえ交える。しかしその優しい口調で、遠慮会釈のない辛辣《しんらつ》な批評を高校生たちにぶつけてくる。

それが自分たちの不注意に対するお小言なら、適当に受け流すこともできる。しかし、自分たちが自信をもって仕上げてきた作品に向けての根本的なダメ出しなのだから、凹《へこ》まずにはいられない。絶句する者もいれば、ムキになって「いや、私たちが言いたかったのは」と反論する者もいる。逆に、ひと言でも誉められると大いに自信がつくが、なかなかそうはならない。

(プレゼンで泣く子もいるって聞いてたけど、こりゃあ本当にいるかもしれない……)

翔太の顔にはますます暗雲が立ちこめた。

「続きまして、東京桜ヶ丘学園のみなさん、前へお進みください」

「ハ、ハイ」

そのあと何がどうなったか、翔太はよく覚えていない。気がついたときには、高島先生がケータイで佐伯校長に、本戦出場決定をこれみよがしに報告していた。

＊　＊　＊

近畿ブロックの公開審査会場は、最終結果の発表を待つ高校生たちでごった返していた。関西学園写真部も、代表してプレゼンテーションをおこなった夢叶、さくら、未来の三人をふくむ部員全員が廊下の片隅に集まっていた。顧問の久華英子も付き添っている。

「プレゼン、うまくいかんかった……」

少し涙目になっている夢叶に、久華が声をかけた。

「しっかりしなさい。あんた、部長やないの」

部員たちも口々に夢叶をなぐさめた。

「大丈夫、大丈夫。審査委員のセンセも『この怒った顔はなかなか撮れない』って言《ゆ》うてたし」

「そうやそうや。ウチら、やるだけやったやないの」

そのとき久華のケータイが鳴った。

「あ、教頭先生。……いえ、まだ、これから発表です。…………そうですか。ちょっと待ってください。とりあえず、終わり次第学校に戻りますから、詳しい話はそのときに」

久華はその場を離れた。

生徒たちだけになると、未来が突拍子もないことを言いだした。

「そや、お祈りしよ。こんなときはお祈りや。ウチのばあちゃんがそう言《ゆ》うてた」

「お祈りって、誰にお祈りすんねん」

さくらが問いただすと、未来が熱弁をふるった。

「キリストさんでも、えべっさんでも、誰でもええねん。お祈りするっちゅう気持ちが大切やねん。亡くなったひいばあちゃんも言うてた。ささ、みんなで手ェつなご」

「手ェつないでどないするん？」

「サッカー選手が入場するときだって手ェつなぐやろ。あれと同《おんな》じや」

促されるままみんなで手をつないで、円陣を組んだ。

「いい？　行くで」

未来が声を張った。

「写甲の神さま、写甲の神さま、どうかアタシたちを本戦に出してください」

「写甲の神さま、写甲の神さま、どうかアタシたちを本戦に出してください」

未来の即興の〝祝詞《のりと》〟をみんなが復唱した。

「写甲の神さま、お願いします」

「写甲の神さま、お願いします」

何ごとが始まったのか、と他校の生徒が振り向いている。

「写甲さま、写甲さま」

「写甲さま、写甲さま」

「な、何やのん？　それ」

戻ってきた久華が目を丸くした。

「あ、これはその、なんつーか……」

「教え子がこんなアホやなんて、情けのうて泣けてくるわ。恥ずかしいから、やめ。ほら、結果発表が始まるで。会場に戻り」

会場はしばらくざわついていたが、審査員たちが再登場すると一瞬にして静まり返った。

審査員たちからの講評につづいて、まもなく最終審査の結果が発表される。

そのとき、また久華のケータイに着信があった。再び多田教頭からだった。久華は曇った表情で会場を出た。

「……そうですか。でも、それではあんまりあの子たちが……」

久華が迷いのある声でそこまで言ったとき、会場内から悲鳴にも似た大きな歓声が上がった。そして「センセー！　英子センセー!!」と呼ぶ聞き覚えのある声が会場の外にも響いてきた。

「やったんや、あの子ら！……あの即席の神さん、ご利益あったわ」

久華はすぐにでも駈けていって抱きしめてやりたかったが、電話の向こうからは、「もしもし、久華先生、もしもし聞こえてますか？」という教頭の声がまだ聞こえている。

「あ、失礼しました。やはりその件は承服しかねます。とにかく、これから学校に戻りますので、詳しいことはそのときに」

久華は迷いのない声で、きっぱりと通話を打ち切った。会場内に戻ると、他校の生徒が夢叶たちに声をかけていた。

「関西学園写真部のみなさん、おめでとうございます」

「近畿代表として、私たちの分までがんばってきてください」

祝福するほうもそれを受けるほうも、涙を浮かべている。

そして、関西学園写真部の同級生や後輩たちが、隠し持っていた袋を、夢叶、さくら、未来に差し出した。

「え？　何これ？」

ラッピングをほどくと、中からお揃いのTシャツが出てきた。背中に「一撃必撮」とプリントされたTシャツだった。

「先輩、向こうでめっちゃ輝いて、キラキラしたものを見てきてください。私たちは北海道に行かれへんけど、ここで応援してます。絶対優勝してきてください」

部員だけではなくその場にいる全員から拍手を受け、夢叶たち三人は、もらったばかりのTシャツに顔をうずめた。どこからか「せっかくのTシャツがクシャクシャになるで」と声がかかり、笑いの波紋がひろがった。

その様子を見つめていた久華が、自分自身に言い聞かせるようにつぶやいた。

「写甲の神さまがあの子らの夢を叶えてくれたんなら、その夢を守ってやるのが、私の役目や……」

4

本戦への出場を果たした選手たちを乗せて新千歳空港を出発したバスが、東川町農村環境改善センターの前に到着した。建物の壁面には農具や民具をかたどったマークが散りばめられており、その前方に写真甲子園の大きな立て看が立っている。

ここまでの車中、翔太は緊張と不安を募らせていた。

まず驚いたのはバスの外の風景だ。翔太は目の前にひろがる山の稜線を目で追っていったが、都会なら高い建物の影になってすぐに途切れてしまうはずの稜線が、どこまでも続いている。翔太は首を回してさらに稜線を追った。そして完全に後ろ向きになり、後ろの座席にいる他校の選手と目が合ってしまった。

そのとき、他校の選手が顔を寄せ合って戦略を練っているようすが見えた。あらかじめ描いてきた画《え》コンテに、現地到着後に仕入れた新しい情報にもとづいて修正を加えているらしい。「ラベンダーは咲いた花よりも蕾《つぼみ》のほうが色がキレイらしいよ」という声が聞き取れる。別のチームのリュックからは、きっと小道具として使うのだろう、和傘とかキツネのお面とかが見えている。

(戦いはすでに始まってるんだ……)

翔太は思わず隣の大輝を見た。大輝はバスの内外の景色に目を奪われるのを全力で拒否するかのように、受験参考書と首っ引きになっていた。

到着後、選手たちはすぐにセンター内のホールに案内された。今日はオリエンテーションだけで、明日が開会式と歓迎夕食会。明日だけは民家にホームステイさせてもらうが、あとは専用のコテージに宿泊する。そして、明後日から三日間、本戦が始まるのだ。

選手係のしるしの赤いTシャツを着た藤咲大介が、壇上から説明する。

「――全員同じカメラで競ってもらいます。一人に8GBを二枚、全員同じ条件です」

「え？　いつも使ってる自分のカメラじゃダメなの？」

絢香が左隣に座っている翔太に小声で訊いた。

（もともと自分のカメラじゃないだろうに……）

と翔太は内心で思ったが、言葉にはせず小さくうなずいた。

「――カラーから白黒への変更、トリミングはすべて禁止です」

「白黒への変更もダメなのかあ」

（そもそもモノクロ写真、撮ったことないくせに。『カラーでキレイな写真が撮れるのにわざわざ白黒で撮るなんて、意味わかんない』とか言ってただろ……）

もちろん、これも喉元で押さえ込んだ。

「――集合時間とメディア提出時間は必ず守ってください。遅れた場合は減点か失格となります。移動はバスを使い、自転車、キックボードなどでの移動はすべて禁止です」

「歩き疲れちゃったら、いい写真撮れないよ」

（やっぱり、三人のうち一人がアテにできないというのは、大きなハンデだよなあ……）

初めから戦力として期待しているわけではない、あとは俺と大輝とで勝負する、途中で帰るとか言いださなければそれで十分、とは覚悟していたものの、いざ本戦会場に来て他校の選手たちの様子を観察していると、不安が頭を持ち上げてくる。オリエンテーションの時点から揃いのTシャツを着て臨んでいる気合い十分の学校もある。そのTシャツの胸に染め抜かれた「一撃必撮」の文字が、翔太を圧倒した。

「――先生方は選手のカメラに触れること、ファインダーを覗くこと、液晶画面を確認すること、撮影に参加すること、これらすべて禁止です」

「え、ファインダーも覗いちゃダメなのか」

その声は、隣の絢香からではなく、後方から聞こえてきた。顧問の高島が、大会実施要項の書かれたペーパーにあわてて赤線を引いているのが見えた。

（先生もかよ。大輝、頼りになるのはやっぱりおまえだけ……）

助けを求めるような気持ちで反対側の大輝のほうを見ると、目が合った。大輝が焦点のあっていないおびえた目付きで――受験参考書を握りしめたまま――翔太に言った。

「俺、やっぱり来るの間違えた」

（お・ま・え・も・か！）

翔太の心の内側は声にならない絶叫でパンパンになっていた。オリエンテーションの時間は大声を出してはならない、という常識のフタは、今にもポンッと音を立ててどこかへ吹き飛ばされてしまいそうだ。

「帰るわけにいかないだろう、今さら」と、当たり障《さわ》りのないことだけを言い返した。

「私たちのチームって、自信もない、信頼もない、不安だけが一杯だよね。ま、選ばれたのが奇跡だからね」

(お・ま・え・が・言・う・な!)

翔太は絢香のほうを見ずに、急いでペットボトルの水を喉に流し込んだ。自分が神経質になっていることはわかっていたが、かといって、どうすることもできなかった。


翌日、もうじき開会式が始まるというのに、翔太は一人廊下に残っていた。

「おい、先に行ってるぞ」

大輝が声をかけたが、「ああ」と生返事を返しただけで、なかなか開会式場に入ろうとしなかった。いや、できなかった。廊下の壁に貼り出されている各校の応募作品を見ているうちに、目が離せなくなったのだ。

見ているうちに、翔太は後悔をおぼえた。

まず目に入ったのは、自分たちが暮らす街の人びとをエイトバイテン(8×10)の大型カメラ——あとで聞いたら、自作のカメラだという——で撮った高解像度の写真。直立した被写体の全身がフレームのなかに収まっているのに、顔の毛穴さえ見えるようだ。

こちらの写真は傘をかざして人が通り過ぎる路地を撮ったもの。なんということもない構図だが、全体が青く美しく輝いている。雨模様特有のグレーでくすんだ感じはまったくない。それどころか、雨のひと粒ひと粒が、フレームの外にあるはずの空と海の青さを内側に閉じ込めて光っているかのようだ。学校名を見なくても、沖縄のチームの写真だと翔太にはすぐわかった。

なかでも衝撃的だったのは、中年の男性が椅子を振り上げて怒りを露《あらわ》にしている写真だった。手前には、男が怒りを向けている対象らしき、かなり濃い目のメークの女性が写っていて、男をからかうような余裕の表情さえ浮かべている。構図は甘いが、そのことがかえって、計算された〝つくり物〟の写真ではないことを物語っている。

（こんなに人の表情を引き出せるものなのか……）

翔太だって人を撮ったことぐらい何度もあるが、手応《てごた》えを感じたことは一度だってなかった。翔太がカメラを向けると、被写体の人物は笑顔をつくってくれる。けれども、それは〝つくってくれた〟笑顔でしかなかった。

大輝と一緒に写真を撮っていたカメラ小僧時代は、どちらかがふざけた格好をして被写体を笑わせるなどしていたから、それなりにいい人物写真が撮れたような気がする。しかし、大輝が写真から離れていって一人になってからは、気がつけばほとんど人物を撮らなくなっていた。

（こんな写真、俺には逆立ちしたって無理だ。こういう場面に出くわしたこともないし、あってもカメラなんか向けられっこない）

撮影テクニックにはそれなりの自信をもっていたが、その程度のことは、ここに出場してくる学校の選手たちにはデフォルトのスキルでしかないことを思い知らされた。他校の選手たちはそのうえで、独自の方法を考案し、スタイルをそなえ、戦略を練ってここに来ている。それに比べれば自分たちは手ぶら同然だ。本戦を甘く見ていたわけじゃないが、備えが足りなかったことは認めざるをえない。掌が汗ばんでくる。

（……大輝の言うとおり、やっぱり来るの間違えたのかな）

気がつくと、廊下には翔太のほかに誰もいなくなっていた。けっこうな時間、見ていたらしい。戻ろうとした矢先、廊下の隅に、高校生の応募写真とは離して貼ってある何枚かのモノクロの写真が目にとまった。翔太は吸い込まれるようにその写真に近づいていった。説明用のプレートは見当たらず、写真だけが飾ってある。

幼稚園児かそれ以下の年齢の子どもたち六人が屋根に登っている写真。全員が右上の空を見上げて笑っている。

隣の写真では、男の子が口にくわえたチューインガムを、指先で限界まで引き伸ばしている。背景が雪景色なので、きっとこのあたりの子どもなのだろう。

別の写真には、縁日の平台に並んでいる売り物のおもちゃを熱心に覗きこむ子どもらが写っている。女の子たちはみんなおかっぱだ。

子どもの写真だけではない。家の玄関先まで氾濫した川の水が迫ってきている写真。手ぬぐいで頭にほっかむりをした農家の女性たちが、焚き火を囲んで暖をとっている写真。ソリに米俵を積んで馬にひかせて競走している写真。男たちが祭りの神輿《みこし》を担いでいる写真。アイヌの民族衣裳を着た人たちの写真もある。

なかでも翔太を惹きつけた一枚があった。それは、丸刈り少年が左手に竹製の魚籠《びく》をかかえ、右手に大きな魚をぶら下げている写真だった。

(魚が魚籠に入りきらないくらい大きくて、それで手でつかんでるのか。このまっすぐな笑顔、よっぽどうれしかったんだろうなあ。たぶん自分でつかまえた魚なんだ。このあたりだと、鮭かな。横で見切れている女の子は、もしかしたらこの少年の妹で、後ろの民家

は少年の自宅なのかもしれない。半ズボンから突き出ている足がぶっきらぼうで、いいなあ。アハハ、膝が汚れてる)

翔太はその一枚の写真からいろんなことを見つけ、想像した。そして、自分がそんなふうに思いを馳せていることに気づいて、軽い驚きをおぼえた。イマジネーションを喚起する写真の力というものに触れた気がした。

「……ずいぶん気に入ったようでないかい」

いつの間にかすぐ後ろに恰幅《かっぷく》のいい年輩の男性が立っていた。赤いスタッフTシャツを着たその男性の手には、白いプレートが握られていた。翔太は一瞬緊張したが、メガネの奥の男の目が笑っているので、すぐに緊張はほどけた。

「あ、はい。すごくいいです。どの写真も、なんというか、気負いがないというか肩の力が抜けているっていうか。撮ってるほうも撮られているほうも、すごく素直で」

「そうかい、そうかい。全部、東川で撮られた写真だよ」

男性はプレートに接着剤を塗って壁に貼り付けながら、翔太に語りかけた。

「出場選手かい?」

「東京の桜ヶ丘学園です。これ、ずいぶん古い写真ですよね」

「ここに貼ってあるのは、古いもので昭和一〇年前後、新しいものでも昭和三〇年ぐらいかな。あれ？　少し曲がったか……これでよし、と」

新しく貼られたプレートには撮影者の名前が書かれてあった。

「ちょっと訊いてもいいですか？　このお神輿をかついでいる写真、手前に線路みたいなのが写ってますけど」

「ああ、それは東川と旭川の間を走っていた旭川電気軌道の線路だよ。今はないけどね。東川には鉄道も国道も上水道もないけど……」

「え？　上水道、ないんですか」

「ないよ。大雪山から流れ出たきれいな水が地面の下にいくらでもあるからね。だから飲み水もトイレの水も、全部一〇〇％ミネラルウォーター。ちょっと贅沢なんでないかい。ワハハハハ」

男は、さっきの写真の魚をぶら下げた少年のように、自慢げに微笑んだ。

「電車はね、チンチン電車というやつが走ってたんだ。冬場は雪でよく止まったけどね。それ以前は、馬。馬ソリ。東川はばんえい競馬の競馬場もあったし、戦前戦中は軍用の馬が……」

そこまで言って、男は一瞬ふと何かを懸念するような表情をした。その意味を察して、翔太は軽くうなずいた。

「知ってます。日本がむかし戦争をやったってこと」

「そう、それは失敬したね。で、その軍用保護馬っていうのが一〇〇〇頭以上も東川では飼育されていてね。ここには貼ってないけど、軍用馬を撮ったやつもあるよ」

「その写真も全部、この、ひだ……」

撮影者の名前が七文字全部が漢字なので、翔太には読みにくかった。

「そうだよ。飛驒野数右衛門《ひだのかずうえもん》という人が全部撮ったんだ。東川町、当時はまだ村だったけど、大正時代に東川で生まれて、ここで育って、ここの役場に四〇年以上勤めながら、東川の人たちの暮らしや風景を記録した人でね。今となっては貴重な写真ばかり……う〜ん、なまらひっつきが悪いな、この接着剤」

せっかく貼ったプレートがまた剝がれて床に落ちた。

「鋲で止めんと無理かな。……したっけ、うんと楽しんで帰りなさい」

そう言うと男性は、バックヤードのほうに戻っていった。

翔太はもう一度、さっきの魚をぶら下げた少年の写真を見つめた。

（カメラを挟んで、向こう側とこっち側が素直に向き合う。そんな写真が俺に撮れるだろうか。でも、こんな写真、もし撮れるもんなら撮ってみたい。ここでなら撮れるかもしれない……）

「あれ？　もう選手はみんな集合してるよ」

別の若いスタッフが、廊下に一人残っている翔太を見つけて声をかけた。

「あ、す、すいません」

あわてて去ろうとする翔太の背後からスタッフの呼び声が聞こえたが、それは翔太へかけたものではなかった。

「町長ぉ、Ｙシャツ見つかりましたー。ネクタイはまだでーす。ホントにどこに置いたんスかもう。とにかくＹシャツだけでも着替えてくださーい。フットワークが軽いっていうのも、こうなると善し悪しだな。今どこッスかー、町長ぉー」

＊　＊　＊

戦いを目前にひかえて意気消沈する翔太たち東京っ子とは対照的に、浪速《なにわ》の元気娘たちは意気込みも食欲も旺盛だった。

夢叶、さくら、未来、それに久華の四人は開会式の終わった夜、矢吹家にホームステイさせてもらった。本番前夜は、東川町の地元民がホストファミリーとして、日本全国からやって来た高校生たちを自宅でもてなしている。

矢吹家では、祖母の由美子と三人の孫たちがホスト役を務めてくれた。孫は小学生二人と幼稚園生の女の子ばかりで、一番下の子は開会式でもエスコートキッズとして選手たちを舞台上に案内する大役を果たした。三人とも、遠くからやって来た珍客が話す、このへんでは馴染みのない大阪弁にすっかり興奮して、突然できた〝夏のお姉さんたち〟のそばから離れない。

由美子が穫《と》れたて茹でたてのトウモロコシを運んでくると、夢叶たちは「めっちゃおいしそう！」と歓声をあげた。そしてかぶりつく前に、これがウチらの流儀とばかりに、トウモロコシにカメラを向けてシャッターを切った。東川に来て最初の一枚は、意外にも人物写真ではなく、つやッつやで湯気まで甘そうな、シズル感たっぷりのトウモロコシの写真となった。

「食べて、食べて。みんなに食べてもらいたいもの、たくさんあるんだけど、泊まるの今晩だけだからね。たくさん食べていってね」

明日からは実行委員会が用意したコテージに宿泊することになっている。くつろげるのは今晩までで、明日から三日間は寝ても覚めても写真漬けとなる。

「先生にはこちらのほうがいいかね?」

由美子がビールと枝豆を運んできた。

「いやー、すいません。お気を遣っていただいて」

陶器のグラスに手酌でビールをついで、久華は旨《うま》そうにあおった。喉が喜んでいる、とでも表現したいみごとな飲みっぷりだ。先生がアルコールを飲むところは今まで見たことがない。これはある意味シャッターチャンスなのでは、という嗅覚がはたらいて、夢叶たちはカメラにそっと手をかけたが、気配を察知した久華は、被写体になることをやんわり拒絶した。

「これは先生のひとり慰労会やから、気にせんとって」

「でもセンセ、『何でもやれ、怪我したり人殺したりせんかったらええんや』言《ゆ》うたやん」

夢叶が反論した。

「アホ、その写真のせいでお嫁に行かれへんかったら、どない責任とるん」

「英子センセ、もいっぺん結婚するつもりなん？　今度も外国の人？」

開けっぴろげな性格の久華は、自身がバツイチであることを生徒に隠していなかった。

久華は口に泡を残したまま、生徒の口からつい出てしまったぶしつけな質問に答えた。

「アメリカの男はもうこりごりや。でも、あたしの辞書に『あきらめる』と『禁酒』という字ィはない。『あきらめる』は英語で何ていうか、夢叶、答えてみい。こないだ授業に出てきたばっかりやから、わかるはずや」

再婚願望《やぶ》をつついて課外授業《へび》を出してしまった。夢叶は助けをもとめてさくらと未来のほうを見たが、二人は『アタシら今、ここん家《ち》の女の子を撮るのに忙しいんで』というオーラを全身から無理やり放出していた。

「まあええわ。今はほかのことは何も考えんと、写真のことだけ考えてがんばりや。……あとのことはまかしとき」

「あとのことはまかしとき」という最後の言葉の意味が夢叶にはわからなかったが、ヘビが酔って大蛇《うわばみ》に化けるのを警戒して、聞き返すことはしなかった。

由美子が手巻き寿司を運んできた。歓声をあげる夢叶たちに久華が言った。

「あんたら、歓迎会であんなに食べてたやないの」

「お寿司は別腹やで。センセ知らんの？」

未来はすでに手に海苔《のり》を持って、何を巻くか物色している。

「それに、歓迎会はよその学校の子らがおったから、あんまり食べれんかった」

そう掩護《えんご》射撃をするさくらの視線は、イクラにロックオンされている。

「まあええわ。どうせ明日になったら目一杯走り回ることになるんやし。今のうちしっかり食べとき」

久華もグラスをぐいとあおった。

床に就いてからも、夢叶はなかなか寝付けなかった。不安にかられて、ではない。不安よりもワクワク感が勝《まさ》っていた。夜が明けたら、夢にまで見た写真甲子園の本戦なのだ。

（今日の歓迎会でも、ウチらの写真がいちばん話題になってた。うんうん、これならイケるで。明日は、みんなをアッと言わせる写真、撮ったるねん！）

最後のほうの「撮ったるねん！」は、つい声に出てしまった。

5

「あかんやん……」

夢叶たち大阪組の昨夜までの意気込みは、本戦初日のスタートでつまずいた。

選手たちを乗せて決まったルートを定時巡回する「モモンガ・バス」。車窓から見えるファースト・ステージの東神楽町の風景は、掛け値なく美しい。パステルカラーのストライプが地表をうねっている様子は、あれが畑に植えられた何種類かの農作物にはとても見えない。まるでデザイナーが配色したスカートを大地が穿《は》いているかのようだ。牧草地でののんびり草を食《は》む牛さえ、グリーンの地色《じいろ》の上にしっかり計算されて散りばめられた、白と黒のドット柄のように見える。

初日のテーマである「自然」を撮るのに、これほどの舞台はない。夢叶たち大阪組も、当初はその景色の美しさに心を奪われ、キャーキャーと声をあげていた。

「あ、川、川」

「ほんまや」

「見えた見えた」

「あ、牛！　牛！　牛！　牛！」

「どこ？　あ、おった。でも一頭やん」

「一頭しかおれへんねんから、『牛』一回でええわ」

「あっ、熊！」顧問の久華すらそれに乗っかった。

「ええっ!?」と身を乗り出す夢叶たち。

「いてませーん」

「センセ、イケズやわ～」

そんな大はしゃぎも、今や昔のことのようだ。夢叶たちの心を占めているのは、もはや感激ではなく困惑だった。

「撮りとうても、人おらんし……」

「牛しかおらへんやん」

夢叶の困惑を未来も共有した。

初日のテーマが「自然」だと聞いたとき、夢叶だって、人ばかり撮ってきた自分たちには苦手なテーマだと思わないこともなかった。でも、それほど心配もしていなかった。

(北海道言《ゆ》うたかて日本にはちがいないんやし、人ぐらいどこ行ったっておるやろ。自然をバックに人を撮ったらええねん)

しかし今、夢叶は自分の考えの浅さを思い知らされていた。

他校の選手たちは見当をつけた場所近くで巡回バスを降り、撮影ポイントを探しに走っている。なのに、関西学園だけはまだバスの中に留《とど》まったままだ。このままでは、人を探しているうちに、所定の撮影時間である二時間が終わってしまうかもしれない。

口出しすまいと決めていた久華も、さすがに心配になってきた。

「はいはいはいはいはい。もうさっきからこの車、二回も同《おんな》じところ回っているよ。もうそろそろ降りて写真撮りーな」

すると、三人のなかでいちばん落ち着きのあるさくらが言った。

「ほんなら自分ら撮ったらええやん」

被写体になる人がいなければ、自分たちが被写体になればいい、という提案だ。安直といえば安直だが、ほかにいい手も浮かばない。夢叶たちはようやくバスを降りて、牛から少し離れた場所に三脚を立てた。

「あれなんかいいんとちゃう？」

未来が一頭の牛を指差した。白と黒の模様のバランスがよさそうな牛だ。

「あれにしよ。じゃ、さくら、食べて、牛」

「牛、食べるん？」

「そう、早《はよ》う口開けて」

夢叶の指示にしたがって、モデル役に抜擢されたさくらが横向きで大きく口を開けた。遠近法を利用して、さくらが牛を飲み込もうとしているカットを撮る作戦だ。

「さくら、もうちょっと右右右。あーストップストップ。もうちょっと手ェ上上上。よし、撮るで。おいしそうに！」

カシャリ。

「めっちゃおいしそう！　ほんまに牛、食べとうなったわ」

ファインダーを覗いた未来がそれに賛同したが、あの牛が肉牛でないことを知ったうえで言っているかどうかは怪しかった。

「じゃ、次行こ、次。今度はふたりで、あっちの丸いやつの上に乗って」

夢叶に指示されるままに、さくらと未来は、牧草地に点在する巨大なロール状の干し草にまたがった。

「寝転がって、足足足、足あげて！」

リーダーのムチャぶりにしたがって、ふたりはロールをバランスボール代わりにしてその上に仰向けに寝転んだ。

「落ちる、落ちるて」

「お、その表情いただき！」

カシャリ。

「よし、今度はジャンプしてみよか」

「こっから飛び降りんの？　めっちゃ恐いんですけど。ウチらのリーダー、意外とキッツイんちゃう？」

「さくらちゃん、大丈夫や。ウチが背中押したげるさかい」

「未来、アホ、押すな押すな」

「押すな押すなってことは……ホレ！」

「キャーッ!!」

悲鳴とともにさくらの体が宙を舞った。その一瞬を夢叶は逃さない。

カシャリ。


「余裕ですね」

高島が久華に声をかけた。高島には、笑い声をあげながら目一杯撮影を楽しんでいる関西学園の生徒たちの余裕が、そしてそれを生徒に許している顧問の久華の余裕が、とても信じられないもののように思えた。久華と親しく話すのはこれが初めてだが、どうしてもその秘訣が知りたかった。

「写甲は初戦をがんばったご褒美やと思ってます。せやから、生徒の好きなようにさせてるんです」

「うちは初出場ですから緊張しちゃって。何を撮っていいのかさっぱりわからない連中で……今もホラ」

広大な畑を目の前にして、翔太たち東京組は道端に生えた小さな花にばかりレンズを向けている。思わず高島が声をかけた。

「おーい、自然を撮れ。目の前に広がる北海道の自然撮れって！」

それを聞きつけた青いTシャツの記録係が高島に「監督は指示を出してはいけないことになっています」と警告した。

高島の声は翔太たちにも届いたが、反応は薄い。

「翔太、高島先生が『自然撮れ』だって」

「えっ!? 花って自然じゃないの？」

翔太はいちおうカメラのアングルを上げて遠景をファインダーにとらえてみたものの、誰が撮っても同じような風景写真にしかならないような気がして、すぐにまたアングルを下げた。

「アイツら……」

高島が焦《じ》れる様子を見て、久華が言った。

「ここは顧問にとっては修行の場なんです。何も手ェ出したらあかんのです」

この先輩教師が語っているのは、写甲のルールのことではなく、監督としての、いや教師としての心がまえのようなことだ、と高島は悟った。

「顧問にとっての修行の場、ですか……」

「そうです。ただ、ジーッと待ってるだけです。あの方のようにね」

そう言って久華が見つめる先には、沖縄代表の琉球高校の顧問、金城富雄がいた。麦藁の陣笠にかりゆしウエアというういかにも〝うちなー〟な出立《いでた》ちで、腕組みをしたまま、遠くで撮影している琉球高校の生徒たちを、微動だにせずひたすら見守っている。

「以前、写甲に来たとき、あの方もいらしてたんです。そのときは別の学校を率いてらしたけど」

高島も、優勝引き受け人と呼ばれる凄腕監督が沖縄にいる、という話は耳にしていた。

「勤務校が変わっても、赴任《ふにん》先の学校を指導して何度も本戦に出場して、優勝に導いてる。それで私、訊いてみたんです。どうしたらそんなふうになれるのかって。そしたら何て言わはったと思います？」

「僕には見当もつきません」

「できるだけ何もしないこと」

「何もしない？」

「生徒たちがつまずきそうになったら、そのときだけ立ち上がる手助けをしてやれば、あとは子どもらが勝手に成長していくから、監督はそれを見守っているだけでいい。優勝するより大切なのは、子どもらがこの三日間で成長すること。それに比べたら優勝はおまけのようなもの」

「優勝がおまけ、ですか！」

「でも、子どもらの成長をただじっと見守るのは、じつは難しい。つい余計な口出しをしたくなる。だから試されているのは生徒たちよりも監督のほうだ、って。そして、金城先生はそのとおりやらはって、その年、優勝したんですから」

「う〜ん、僕にはとてもそんな忍耐力はないなあ」

「それだけやったらね、私も、そんな指導方法があるのかと思うだけやったと思います。でもね、そのとき私、見たんです」

「何をですか？」

「見守るだけが信条の金城先生が、たった一度だけ、生徒にアドバイスするところを」

遠目で金城を見ていた高島が、興味深げなまなざしで久華のほうを見つめ直した。

「そのときの沖縄のチームのなかに一人、不登校で卒業が一年遅れている女子生徒がいたんです。どうしてそうなったのかはお話しになりませんでしたけど、その子の口数がだんだん少なくなっていて、本人の満足がいく写真が撮れていないことに金城先生が気づかれたんです。そのとたん、先生がその子を呼んで、それまで初戦からずっとカラー写真ばかり撮ってきたんですけど、そのときだけ『モノクロで撮ってみたら』ってアドバイスなさって。そしたら、そこからその子がどんどん生き生きとしだして、最後は優勝してしまったんですよ。まるで魔法を見ているみたいでした」

久華はそう熱弁するが、高島は納得がいっていない。

「カラーをやめてモノクロに変更、ですか……」

「それにどんな意味があるのか、気になるでしょう？　私も訊いたんです。そしたら『たいした意味はない』って」

「意味がない？」

「アドバイスは何でもよかったんですって。もっと自由でいいんだ、自分の撮りたいように撮ればいいんだってことに気づく、そのきっかけになれば何でもよかったんだって。きっとその子、いい写真を撮らなきゃ、いい写真を撮って優勝しなきゃって思ってたんでしょうね。それがうまくいかずに、いつの間にかだんだん心が凝《こ》り固まっていってしまって。そのことにいち早く気づいた金城先生が、その子の心をほぐしてあげたんだ、と私は理解してます」

「……なるほど」

「それ以来私は、あの方のまねをしてるんですが、これが言うほどうまくできません。根がおしゃべりなんで。アハハハ」

久華の快活な笑い声が届いたのか、夢叶たちが手を振った。

「英子センセー」

「オーッ」

久華も手を振り返した。

「……ありがとうございます。先生」

そう言って高島は頭を下げると、北海道の自然に手こずっている翔太たちを見やった。

＊　＊　＊

初日の撮影が終了した。選手たちは撮影した画像データが詰まったＳＤカードを提出する。そのあと、東川町海洋センターに設けられた各校専用のブースに入る。ここからが「セレクトタイム」で、ブースに用意されたパソコンとプリンターを使って、最終的に八枚をセレクトして組写真として提出する。そうしてできた組写真が、農村環境改善センターのホールに戻っておこなわれるファースト公開審査にかけられ、採点される。

公開審査はブロック大会で一度経験しているとはいえ、本戦の公開審査はそれとはわけがちがう。そもそも初戦は、どんなテーマで写真を撮ってもかまわないし、撮影に時間や場所の制限はない。だから、各校とも余裕をもって自分たちの自信作をぶつけてくる。

しかし、本戦は最初からテーマが決められている。各チームとも初日のテーマである「自然」を念頭に置いて、その大テーマをさらに絞り込んで、自分たちなりの小テーマを設定し、タイトルを付けなくてはならない。しかも、それを厳密に定められた時間と場所でおこなうのだから、ブロック大会での公開審査とはまるで別ものとなる。

つまり写真甲子園の本戦は、初戦までの実績や経験がいったん清算されたゼロ地点からリスタートする、ぶっつけ本番の戦いなのだ。その恐ろしさを、東京組も大阪組も今まさに味わおうとしていた。

「私たちは東京桜ヶ丘学園です。写真甲子園には初めての出場となります。タイトルは『そこにあるもの』。初めて北海道に来て、東京にはない雄大な自然を感じ、私たちにとって『自然』とは、目の前にあるもの、そこにあるものだと思いました」

翔太がタイトルの説明を終え、三人揃って「よろしくお願いします」と礼をした。それを合図に、「では、上映をお願いします」というアナウンスとともに一瞬会場が暗くなり、スクリーンに翔太たちの作品が映し出された。

農道の脇に生えた名も知らない花や水際の小さなスギゴケを、まるで一本の巨大な樹木のように接写した写真など、マクロレンズをフルに駆使して小さな植物をアップで撮ったものばかりで構成されている。

「それでは竹田津審査委員、講評をお願いします」

竹田津実がゆっくりとマイクを握った。

「えー、ファーストステージのテーマが『自然』で、あなた方のタイトルが『そこにあるもの』で、この写真です。まあ、その三つを考えると、何も文句はないだろうと言われているような感じを受けます」

初出場の高校生を傷つけないよう言葉を選んでいることが、言外に伝わってくる。

「ただ、あなた方は自然とはこういう世界だっていうふうに考えてるか知らんけども、すごく限られた所を撮ってきてる。そういう撮り方もあるけれども、さっきちゃんと説明に

『雄大な』という言葉を自分たちで使っていたわりには、『雄大』というのが作品にほとんど登場していない。せっかく北海道に来たんだから、何かもっと広い所も撮ってくれるんじゃないかと期待したんですよね。やっぱり、北海道が写っていないんじゃないかという気が僕はします。でもまあ、初めて出てきたんだからね。良かったと思います。ご苦労さんです」

講評を座席で聞いている高島の「だから言っただろう」という悔しそうな表情が、翔太の視界に入った。両隣では大輝と絢香が唇を噛んでいる。

もちろん、翔太もうちひしがれていた。座席に戻っても、他校のプレゼンがほとんど頭に入ってこない。

(——初戦突破の原動力となった、都会の高層ビルをバックに咲く小さな黄色い花を撮った写真、あれを撮ったときのアプローチがまったく通用しなかった。同じ小さな植物を撮った作品なのに、なぜ初戦の作品は評価されて、本戦の作品は評価されなかったのか。技術的なミスはなかったはずだ。それなのに、どうして?)

壇上では大阪組のプレゼンが始まっている。

「私たちは関西学園です」と、まずさくらが挨拶し、

「北海道の景色はすべてが珍しく、大阪にない景色ばかりで、写真甲子園に来れてよかったし、ほんま楽しくて幸せです」と、夢叶が続き、

「その思いを込めて写真を撮りました」と、未来が締めた。

(——たしかに、竹田津先生が指摘したように、北海道は写っていなかった。『雄大な』と口では言っても、それを表現しようとすらしなかったことを、完全に見抜かれた。やっぱりプロ相手にごまかしは通用しない。でも……)

最後に夢叶たち三人が声を揃えて、目一杯の笑顔でタイトルをコールした。

「せーの、『めっちゃ楽しい北海道』です！　よろしくお願いします！」

(——それだけが失敗の原因ではないような気がする。それが何かわからない)

審査委員長の立木義浩が講評を始めた。

「えーと、『めっちゃ楽しい北海道』っていうんだけど、ま、はしゃいでいるのはよくわかる。あなたたちが楽しかったのはよくわかる」

(——雄大さが撮れていないことを除けば、一点一点は細部までしっかりと写し取った美しい写真になったと思う。それなのに……)

「わりと写真をしょっちゅう撮ってるのか、手慣れた写真もけっこうあるんだよね。

ちょっと演出がクサい感じもしちゃって、下手《へた》するとこれは卒業旅行の自分たちのアルバムに入れるくらいの写真にすぎない、という感じがしないでもない」

大阪三人娘の笑顔が引きつりはじめている。

（――「これが俺の写真だ」って、胸を張って言える気がしない）

「写真というのは、水面に出ている氷山の一角みたいなものなんです。その下に何があるのかっていうところに人はうたれるわけ。そこが人の琴線にふれるわけ。そのいちばん大事な〝奥〟がない。ごめんくださいって玄関を開けて入ったら、すぐ裏に出た、っていう写真なの」

さっきまで浮かべていた三人の満面の笑みは、もはや見る影もない。

「あんなに初戦のときは素晴らしかったのにもかかわらず、ちょっと初戦のときの緊張の心がゆるんでるっていうか……」

（――あと二日でその答えが見つかるだろうか……）

「たるんでる‼」

審査委員席から聞こえてきた言葉の強い調子にハッとして、翔太は壇上に意識を戻した。

「考え直して明日やってくれると、またちがったものが出来るかもわからないから、一生懸命やってください」

壇上では、自分たちと同じようにうちひしがれた三人の女の子が、かろうじて嗚咽《おえつ》の声を殺して、泣いていた。

＊　＊　＊

公開審査が終了して、宿泊所になっているキトウシ森林公園内家族旅行村のケビン（貸別荘）に戻る途中、久華が「審査委員の先生はみんなに期待しててんねんで。もっとできるって。今日始まったばっかかりやんか。明日からがんばったらええねん」と夢叶たちを励ましてくれた。

しかし夢叶が受けたショックは、そんな慰めの言葉ではどうにも癒《いや》されなかった。一人だけ直接ケビンには戻らず、森林公園の高台から東川の遠景をながめていた。

肩から提《さ》げたカメラがこんなに重いと感じたことは、これまでなかった。いつだって写真は友だちで、裏切ったり冷たくしたりはしなかった。けれど、今はそのカメラがひどく疎《うと》ましいものに思える。

（自分が撮った写真で自分がこんなに傷つくなんて、思ってもみいひんかった。もうカメラなんて……いや、そうやない。写真がウチを傷つけたわけやない。ウチが写真を軽々しく扱って、ウチが写真に嘘つかせて、ウチが写真を傷つけたんや。裏切ったのはウチのほうや。その浅はかなとこを、ほんまに写真を愛してるプロの写真家に見抜かれてしもうたんや）

いったん止まった涙がまた溢れそうになった。

そのとき、草むらからシャッター音が聞こえた。選手の男の子だった。立ち上がって軽く頭を下げ、その場を去ろうとするところを夢叶は呼び止めた。

「桜ヶ丘学園やんね？」

「はい。なんで知ってるんですか？」

「今日、写真見たから」

「覚えててくれたんだ。えーっと、大阪の……」

「関西学園」

「あー、楽しそうな写真でしたね」

名前こそ知らないものの、この女の子が誰なのかは翔太だってもちろん知っている。でも、「壇上で泣いてましたね」とはさすがに言えない。同じく審査委員にダメ出しされて凹《へこ》んだ者同士だ。言う資格もない。

するると、相手のほうから公開審査でダメ出しを食らった話をしてきた。

「審査委員の先生には見抜かれてた。ウチら人撮るのが得意で、今日、人おらんかったから、自分らで撮り合いっこしたんやけど、結局あれはごまかしやってん」

「えっ、でもレンズの選び方とか構図とか上手《うま》いなーと思ったけど」

これが翔太にできる精一杯の慰め方だった。

「ありがとう。桜ヶ丘学園の花もキレイやったよ。繊細な人が撮った写真やねんなと思った。ウチは人しか撮られへんけどね」

(そうか、この子があの〝怒った男〟を撮った子か)

翔太は、稜線の向こうに沈みかけている夕陽に照らされた夢叶の顔を見つめた。自信なさげな顔で突っ立っている小柄な女の子が、あの衝撃的な写真を撮ったとはすぐには思えなかった。

「うーん、俺は苦手だな、人撮るの」

「やればできるよ」

その言葉は、翔太にかけた言葉のようでも、夢叶自身にかけた言葉のようでもあった。

「ウチ、思いっきりやらなあかんと思っててんねん。今しかない。最後の写甲やから」

「最初で最後の写甲か……」

そしてふたりは、どちらからともなく、夕景にかがやく東川の町にレンズを向けてシャッターを切った。


陽が落ちてすっかり暗くなったので、ふたりは急いでケビンに戻ることにした。途中、どこかの部屋からスタッフの声が漏れ聞こえてきた。選手係のリーダー役を務める藤咲が、スタッフに向けて声を張っている。

「病人やケガ人が出た場合の救護体制を再度確認してください。町立診療所の電話番号は配布した紙に書いてあります」

「バイタルっていうの、全部計るんですか？　できっかな？」

「あ〜、熱とか血圧とか、その場でわかることだけでいいです。ケガをしていないか、意識はあるかは必ず確認して、診療所の看護師さんに伝えてください。気象庁の発表だと、明日の上川地方は今日よりももっと気温が上がるってことです。クーラーボックスを忘れないように」

「したっけ、ペットボトルも余計に積んでおくかい」

明日の運営確認をしているらしい。真剣なのは公開審査の壇上だけではないことを、夢叶も翔太も感じていた。

そこへ、さくらと未来が駆け寄ってきた。

「夢叶、どこ行ってたん？　めっちゃ心配したんやで」

「電話しても出えへんし」

さくらが翔太に鋭い一瞥《いちべつ》をくれた。

「誰なん、この男？　まさかデートしてたんとちゃうやろな？」

「写甲、恋愛禁止ちゃうん？」

未来の話は重心がブレてきた。

「ちゃうねん。ほんまごめん。ほんなら明日の作戦立ててよ、な」

翔太とはそこで別れた。

各ケビンではどのチームも明日の作戦を立てているはずだ。でも、今の自分たちは、作戦なんてとても思いつくような状態じゃない。結局のところ、遅くまで起きてできた作戦といえば、今日は被写体探しに時間をとられてシャッターを切る回数が少なかったから、明日はとにかくシャッターをたくさん切りまくろう、というなんとも心細いものでしかなかった。

6

本戦二日目のテーマは「風土」と知らされた。

午前中のステージは大雪山連峰の旭岳周辺。山頂が、姿見の池に逆さに映し出されている。自然がつくった壮大なだまし絵のような奇景に、各チームとも撮影意欲を掻き立てられずにはいられない。初日ではとまどいから調子の出なかったチームも、二日目ともなると自分たちのカラー全開で挑んでいる。

札幌の北光高校チームは、地元北海道の高校というメリットを活かして、どこが撮影ポイントとして最適なのか情報を収集して、今日に臨んでいる。見当をつけていた山腹まで一気に駈け上がると、いち早くシャッターを切っている。この日の撮影に向けて三人の役割分担をしっかりと決めていて、一人が撮影、一人が荷物運び、残った一人が旭岳をバックにダンスを踊っている。モダンダンスを踊れる子がメンバーにいるので、その子に踊らせて撮ろうという作戦だ。ダンスの練習ばかりか、画《え》コンテまで切ってきている。

「はるか、髪、意識して！」

カメラをかまえる撮影者の指示で、この日のために伸ばしてきた髪の毛がいっそう躍動的に波打つ。カメラの後ろでは、荷物運び役の男子生徒が大汗をタオルでぬぐっている。

二日目の戦い、北海道チームは幕開けからフルスロットルだ。

冬でも雪を見ることのない沖縄の琉球高校の選手たちは、真夏の残雪に大興奮して、シャッターを切るよりも先に雪にさわっている。

「本物、本物のユチ（雪）だ！」

「キャハハ、ヒジュルー（冷たい）!!」

熱い水蒸気が勢いよく噴出している噴気口のすぐそばに、溶けずに残った冷たい雪がある。熱いものと冷たいものの、相反する二つの要素が共存する大胆さ――沖縄から来た選手たちは、そこに北海道らしさを見いだそうとしていた。

中国ブロックから初出場してきたチームは、監督がファインダーを覗き、選手たちに指示を出している。

「そこのレフ、下じゃけー。あーOK、ストップ。よっしゃ、撮れ！」

選手の撮影に監督が指示を送るのがルール違反であることは承知のうえだが、他校のキビキビした動きを見ていて、どうしても黙っていられなくなったらしい。違反をかぎつけた記録係の青いTシャツが近づいてくるのが目に入る。

「じゃけー、早《はよ》う撮りんさい‼」

それだけ言うと、監督はそそくさとその場を離れた。

その様子を久華と並んで見ていた高島も、焦りはじめた。

翔太たちは昨日と同じように、地面にばかりカメラを向けている。たしかに、キバナシャクナゲやチングルマなどの高山植物はここにしかない珍しいものだから、撮りたくなるのも無理はない。しかし、目先の小さなものばかりに目を向けるアプローチの限界を、昨日の公開審査で指摘されたばかりだ。

高島はついに意を決して、大声を出した。

「俺は独り言を言うからなぁ。上を見ろぉ、テーマは風土だぁ。目の前に広がる自然を見ろぉ！」

「監督、困ります！」

記録係が、さっきの中国チームには注意しそびれたが今度は逃さん、とばかりに小走りに駈け寄ってきた。高島が、隣にいた久華に「これは独り言、独り言でしたよね」と助けをもとめたが、久華は帽子の庇《ひさし》で顔を隠した。沖縄の金城先生のような名監督への道のりは遠いものだということを、久華は高島を見てあらためて痛感した。


「夢叶ちゃん、風土って何やの？　自然とどうちゃうの？」

二日目のテーマが「風土」だと知ったとき、未来が根本的な質問を夢叶に投げかけた。

未来は夢叶より一年後輩だが、家がすぐ近所で、昔からよく一緒に遊んだ仲だ。同じ高校の同じ写真部に入ったのも、姉のように慕っている夢叶がいたからで、おのずと口調もフレンドリーになる。

その妹分の質問に、夢叶は答えられない。

「う〜ん、それは……」

スマホで「風土」の意味を調べてみたが、「その土地の自然」とか「人間の精神に影響を及ぼす環境」といった、わかったようでわからないことしか書いていない。

「とにかく、自然＋人間ってことちゃうんかな」

さくらの出す助け舟も、だいぶ水漏れがしているようだ。

とにかく、初日のテーマの「自然」に、もう一つ別な何かが乗っかってきたことだけはわかる。その解釈にもとづいて、三人は二日目の撮影方針を二つ立てた。

一つは「人がいたら、人を撮る」。

もう一つは「とにかく、めっちゃ撮る」。

この方針――この大雑把なものを「方針」と呼んでよければだが――にしたがって、大阪組は初日の失点を埋めようとした。

「でも、また人がいなかったらどないするん？　自分たちを撮るゆう手、もう使われへんで」

「……」

未来の新たな問いに、夢叶はまたしても答えられない。さくらも今度ばかりは助け舟を出せないでいる。あとはもはや神頼みしかない。

しかし、そんな彼女たちに神が微笑んだ。旭岳の源水が湧き出ている場所で、大きなタンクに水を汲んでいる地元民らしき男性の姿を発見したのだ。

「おった！」「おった!!」「おった!!!」

三人がハモッた。そう言われた男性は、熊でも出たのかとビックリして、下を向いていた顔を上げあたりを見回した。自分のことを言われていると気づくまで、少し時間がかかった。

（大雪山の神さんか写甲の神さんか知らんけど、神さん、おおきに）

夢叶は感謝の祈りを速攻ですませると、湧水を汲んでいる男性に近づいた。男性は喫茶店のマスターで、コーヒーを淹《い》れる水を汲みに来ているのだという。写真を撮らせてほしいと頼むと快諾してくれた。

「写真甲子園に来てるんだ、がんばってね。知ってる？　これ、大雪山の雪解け水が長い年月かけて濾過《ろか》されたもんなんだよ」

「すごいやん。めっちゃマイナスイオンやん」

未来が自分の知っている数少ない自然科学用語を動員した。

「あーすごいんだよ　俺、札幌からわざわざ汲みに来てんだ」

「札幌て！　めっちゃ遠いやないですか！」

それだけの価値がある水なんだ、と言う代わりに、マスターは源水を美味そうに飲んでみせた。その満足そうな表情を夢叶たちは撮った。大阪の〝おもろい〟とはちがうけれど、北海道に来て初めて〝人〟が撮れた気がした。

その様子を離れた位置からながめていた久華は、うれしげに何度もうなずいていた。そして高島は、そんな久華をうらやましげに見た。


翔太は初日と同じように小さなコケやシダを丁寧《ていねい》に撮りながら、昨日からの疑問をずっと考えていた。疑問は、旭岳を下りて町中に移動するバスの中でも続いた。

（まぎれもなく自分が撮った写真なのに、どうして自分の写真じゃないように思えてしまうんだろう——）

大きくうねる車中で、さっき撮った植物たちの写真をファインダーに呼び出して確認しているとき、なんとなく気づいたことがあった。

一センチにも満たない小さなスギゴケなのに、こうして接写してみると、まるで大木のように立派で堂々としている。枝のような毛の一本一本が反り返って、生気に満ちあふれている。翔太は、新宿で高層ビルをバックに撮ったタンポポを思い出して、比べてみた。

（……そうか、あのタンポポは、周りの環境に押しつぶされそうになっていた。それでも

なんとかがんばって花を咲かせている。俺はそこに惹かれて、タンポポに自分を重ねてたんだ）

「……太クン」

（でも、このコケはそうじゃない。周囲に押しつぶされるどころか、自分こそがこの森の主役だと言わんばかりに堂々として、生命を謳歌している。そんなコケがあのタンポポと、いや、俺と似ているはずがない。だから、「自分の写真」のように思えなかったのか――）

「翔太クン、着いたよ」

考えごとをしたままバスから降りない翔太に、絢香が言った。

バスから降りても、翔太の考えごとは続いている。

（あのタンポポは自分のことのように思えても、スギゴケはそう思えない。俺には、あのタンポポは撮れても、スギゴケは撮れない。……でも、だとしたら、俺にはそもそも人なんか撮れっこない。どう撮ったって、他人は他人で俺じゃないんだから。じゃあ、どうすりゃいいんだ……）

昨日の関西学園のあの子は「やればできるよ」と事もなげに言っていたが、翔太にはそれが信じられない。

（誰でも自然にできるスキップができないヤツだっているんだ。それと同じで、「人を撮る」ってのも、やっぱり才能なのかな……）

だんだんと「人を撮る」ということ自体がわからなくなってきた。

（レンズを誰かに向けてシャッターを切れば、人は写る。でも、それで「人を撮る」ことができたと言えるんだろうか。そんなのただのスナップ写真じゃないか。パスポートに貼る証明写真と少しもちがわない）

振り返って、すがるような目つきで大輝と絢香のほうを見た。ふたりともリーダーである翔太の指示を待って後ろからついてきているだけで、自分から積極的に被写体を探し出そうという意志が、ないとは言わないけれど、きわめて薄い。いざとなったら絢香をモデルにして撮る、という裏技も、テーマが「自然」や「風土」ときては使いどころがない。

（やっぱり人を撮らないと、どうしたって「風土」の写真にならない。人を撮らないで、風土の写真に仕上げることなんて……）

人通りは少ない。被写体として期待できそうな人には、すでに他校のチームがレンズを向けている。東京組は明らかに出遅れていた。

通りの先にベニア製材所のクラフト工房があるのを見つけて、絢香が言った。

「職人さんが作業していれば、その姿を撮らせてもらえるかも」

「…………」

翔太の足取りが重くなった。リーダーの逡巡《しゅんじゅん》にしびれを切らした絢香が工房に近づいたが、人の姿はない。

「ごめんください」

入り口から中へ声をかけたが、やはり誰も出てこない。

「留守みたいだな。行こう」

大輝が面倒くさそうに言った。

絢香と大輝はしかたなくそのまま通り過ぎようとしたが、今度は翔太が動かない。じっとショーウインドウを見ている。

「どうした、翔太?」

大輝の問い掛けに答えず、翔太は凝視しつづけている。その視線の先には、ショーウインドウに飾られた小さな木製の椅子があった。

さらに工房の奥へと目を転じた。奥にはショーウインドウの椅子と同じものが、作りかけのまま置いてあった。それに引き寄せられるように、翔太は工房の中に足を踏み入れた。

「えっ、入るの？」

翔太の突然の大胆な行動に、絢香が声に出して驚いた。絢香の言葉を無視したというより、聞こえていないふうだった。翔太が無反応なので、絢香は大輝に向かって「いいの？」という表情をしてみせた。大輝は、翔太の予想外の行動に驚いたというより、「そうだった、こういうヤツだった」といった顔を返した。

翔太は何も言わずにスッとカメラをかまえた。シャッターボタンを押そうとしたとき、人の気配を聞きつけて工房の奥から男が出てきた。翔太たちが名前を知らない道具を手に持っている。工房で働く職人の日置だった。額に巻いていた手拭いをほどいて、日置が怒鳴った。

「こら！　勝手に入るな!!」

「！　す、すいません」

翔太は我にかえって頭を下げると、あわてて工房を出た。大輝も絢香もそれに続いた。

「撮らなくていいの？」

「怒られたんだもん、しょうがないよ」

今しがた大胆な行動に出た本人のものとは思えない、気弱な言い訳だった。絢香は後ろ髪をひかれて工房を振り返ったが、恐い顔をした日置が店先まで出てきてたので、足早に立ち去ろうとする翔太を追いかけるほかなかった。

「どしたあ？」

奥からもう一人、日置よりずっと年輩の男が現れた。工房の主人、飛驒野忠幸だった。

「いや、あれッスよあれ。写真甲子園」

「そうか、もう始まってんのか」

飛驒野は少しうれしそうに言った。

「近ごろの若い者《もん》ときたら、礼儀ちゅうもんを知らねぇから困る」

「まあ、そう言うな。写真撮るのに夢中になって、つい周りが見えなくなっちまったんだろ。おまえだって仕事に集中すると、俺が呼んでも返事すらせんこと、よくあるんでないかい」

「そんなことないッスよ、親方」

「あるさ、あるある。そんなんだから、娘に『おとうさんは私の話をちっとも聞いてない』って怒られて、結果、弁当のおかずがゆで玉子だけってことになっちまうんだ」

「まいったもね。とんだやぶへびだ。う〜ん、ちょびっと言い方がキツかったかな」

そう言うと日置は手拭いを額に巻き直し、背中越しに親方の笑い声を浴びながら、そそくさと奥へ退散していった。

一人になって笑い声が収まると、飛騨野はつぶやいた。

「……いつだって撮りに来ていいんだ。いつだって撮りに来いよって、あのときからずっと思ってるんだ」

飛騨野は誰もいなくなった空間で、そこにいない誰かに向かって優しく話しかけた。


二日目のセレクトタイム。会場となっている海洋センター内の大阪組のブースは、隣のブースに聞こえるほど紛糾していた。

「撮り過ぎやわ。こんな一杯あったら選ばれへんやん」

メディアの容量すべてを使い切って撮ったカット数は、数えるのもいやになるほどだ。さくらの嘆きも無理はない。

「だって、昨日たるんでるって言われたから、必死になって撮ったんや」

カット数が少なかった昨日の反動で、今日はとにかくシャッターを切りまくった。未来の弁明も無理はない。

「ええから、早《はよ》選ぼ」

夢叶が先に進めようとするが、そう簡単にはいかない。さくらと未来の論戦はしだいにヒートアップしてきた。

「選ぼ言《ゆ》うても、何選んだらええねん？　まだ全部見てへんし」

「テーマが風土やねんから、北海道っぽい景色にしよう」

「景色やったらみな同じ写真やん。ウチらは人を撮って写甲に来たんやから、人が写ってる写真にしよ」

「でも、せっかく北海道に来たんやから、ここでしか撮れへん写真選ばなあかんと思う」

「人も風土やん」

大人にとってはたいして珍しくもない「風土」という言葉だが、高校生が国語や社会の授業以外でこの言葉にふれることはめったにない。自然も風土、人も風土、ならば何を撮っても風土の写真になるのか？——茫漠としていて解釈の難しいテーマに、どの高校も振り回されていた。大阪組も同様だった。

「夢叶ちゃんが決めて。部長なんやから」

未来に下駄をあずけられた夢叶だが、どうしていいかわからない。

「そんなん決めとか言われても……」

夢叶は混乱していた。

(今日は昨日とちがって〝人〟が撮れた。そやのに、その写真が「風土」を表現できているか、ちっともわからへん。そもそもあの水汲みのおっちゃんは、遠く札幌から来たと言うてた。ってことは、東川あたりの人やない。その人の写真をこの辺の「風土」の写真としてええんやろか。写真を提出するだけやったら、黙ってそのまま出せばごまかせるやろうけど、公開審査で審査員のセンセに「それ、この辺の人じゃないよね」って突っ込まれたら……)

昨日の公開審査での立木審査委員長の厳しい講評が、また頭の中で響きだした。

夢叶は身も心もすっかりフリーズしてしまった。まだ一枚の写真すら選べていない。他校のブースからは、写真をプリントアウトする稼働音がひっきりなしに聞こえてくる。その音が関西学園の三人の耳に痛い。

「もう時間ないんやん。夢叶の意見を言いや。早よ決めてや」

「せやで、決めてよ、夢叶ちゃん!」

「…………」

「もう終わってまう」

未来は耐えきれなくなって、べそをかきながら席を立ってしまった。

「未来！」

さくらが呼び止めようとしたが、無駄だった。ちょうどそのとき、館内放送がかかった。

「ただいまより二〇分間のテクニカルタイムに入ります」

選手のセレクト作業に監督が加わって助言することが許されるテクニカルタイムが始まった。放送と同時に入場してきた久華が、入れ替わるように会場から走り去ろうとしている未来とすれちがった。

「あれ、未来、どないしたん？」

涙ぐんでいるように見えた未来のことも気がかりだが、まずはセレクト作業の進捗《しんちょく》状況を確かめねばならない。久華は関西学園のブースへと急いだ。

「あんたら、え？　どないしたん？　ちょっとプリントはプリント？　ちょっと何、何……」

プリンターはぴくりとも動いていない。写真は一枚も出力されていなかった。久華は事態の深刻さを認識した。

「夢叶、ウチらのテーマどうしたんや？　何になったんや？」

「………………」

夢叶は答えなかった。答えられなかった。「風土」という大きなテーマをしっかりと理解したうえで、そこから自分たちなりのテーマを見つけ出していくべきところなのに、それを怠ったまま、手当り次第にシャッターを切ってしまった。たとえて言うなら、どんな料理をつくるか決めないままに、目についた食材を大量に買い込んでしまったようなもので、食材の山を前にして、何をつくるつもりでこんなに集めたのか、わからなくなっているという状態だった。

夢叶が茫然自失なのを見てとった久華は、さくらに問い質《ただ》した。

「さくら、自分らのテーマ、何になったんや？」

「……まだ決まってへん」

「まだ決まってへんて、あかん、時間ないやんか」

久華はパソコンのマウスに手をかけ、モニターをスクロールした。それを見たさくらが、一瞬安堵の表情を浮かべた。しかし、久華は思いとどまって、マウスからゆっくり手を離して、手伝ってやりたい気持ちを必死に押さえ込んだ。

「……センセ？」

何か言いたそうなさくらを目で制しながら、久華は夢叶に、叱咤《しった》するというよりは教え諭《さと》すような調子で言葉をかけつづけた。

「夢叶、あんたが決め。な、あんたが決め、直《す》ぐに決め。だから、ほら、がんばりぃ、がんばりぃ！」

夢叶は目を潤ませながら、モニターをスクロールし始めた。久華はブースから離れると、不安げな顔のさくらを小声で呼んだ。

「さくら。ここは何も言わずに夢叶にまかせよ、な」

「でもセンセ、それで夢叶が選べへんかったら……」

「そんときはそんときや。棄権になってもしかたあらへん」

監督の大胆な覚悟に、さくらは目を見張った。

「それがウチら関西学園チームの実力ちゅうこっちゃ。ウチらはチームなんやから、どんな結果になっても受け止めたげよ。な」

「……はい」

さくらが心から納得して返事をしているわけではないのは明らかだが、会場を出ていった未来のことも放ってはおけない。

「じゃ、未来を捜しに行ってくるから、夢叶のこと励ましてやりや」

セレクトタイムの時間を残して、久華はブースを後にした。タイムアップまでのわずかな時間で、夢叶は涙をぬぐうことすら惜しんで写真を選んだ。時折不安になって後ろを振り向くと、さくらがそのつど「うん」とだけうなずいた。


夜のセカンド公開審査をひかえて、農村環境改善センターの広い食堂では、各校の選手たちが夕食をとっている。どの学校も、食事をしながらでも、この後の公開審査で話すプレゼンの詰めに余念がない。しかし関西学園だけが、三人バラバラのテーブルについていた。夢叶を見つけて、久華が声をかけた。

「がんばったな、夢叶。間に合《お》うてよかった」

「…………」

夢叶の目の前のカレーライスはすっかり冷めている。結局、カレーにはまったく手をつけず、夢叶は食堂を出た。廊下に出たところで久華が言った。

「いつまで落ち込んどってもしゃあないで。夢叶は夢叶なりにがんばったんやから」

「センセ、ウチは自分が自分でほんまにイヤや。円満に終わらせることばっかり気にして、ちゃんとした意見も言われへんし、決断力もない部長や。みんなをまとめる力もないし。三人ともバラバラやし、これ以上続けられへん……」

うつむいて立ちすくむ夢叶のただならぬ気配に気づいた他校の男子生徒が、スマホに気をとられている体《てい》で、夢叶のほうを見ないようにして通り過ぎていった。

「……もうやめて帰りたい」

今の夢叶にその場しのぎの慰めの言葉が通用しないことは、久華にはわかっていた。今の彼女に伝えるべきは、慰めではなく、決意と覚悟なのだ。

「そんなに辛《つら》いんやったら、夢叶がそうしたいって言《ゆ》うんやったら、そうしたらええ」

「……………」

「さくらも未来も言うとったで。途中で棄権して帰ることになったとしても、どんな結果になっても、夢叶がそうしたい言うんやったらそれでええ。結果はチーム全員で受け止める。リーダー一人に責任をなすりつけることなんかせえへんって」

「えっ……」

「あの二人だけやない。アタシだって関西学園チームのメンバーや。どんな結果でも受け止めたる。どんと来いや！」

「英子センセ……」

久華は大きくうなずいた。

「ここでやめてほんまにええんか？　ここで諦《あきら》めて、ほんまにええんか？」

「……諦めとうない。みんなでがんばってきたんやもん。でも、ウチには無理や」

堪《こら》えていた涙があふれて止まらない。夢叶は駈けだした。


夢叶はいつの間にか農村環境改善センターのはずれまで来ていた。壁一面のガラス越しに、夕陽で赤く染まった東川の遠景が見える。「燃えるような」という形容はこのためにあると言ってもいいほどの光景なのに、その美しさを愛《め》でる余裕が今の夢叶にはない。あと一時間もすると、セカンド公開審査が始まる。そこで発表するプレゼンの台詞《せりふ》すら、ひと言だって出来ていないのだ。それどころか、このまま棄権するかもしれない。

どのくらいの時間、立ちすくんでいたのだろう。夕陽はほとんど山陰に隠れようとしていた。だんだんと弱まっていく赤い自然光に代わって、室内灯の白い光が強さを増してきた。

それにつれて、ガラスの壁に自分の姿がいつの間にか浮き上がっていることに、夢叶は気づいた。

(ひっどい顔しとるなあ。瞼《まぶた》は重たいし、鼻の先が赤くなってる。ふだんはもうちょっとマシな顔やと思ってたのに。こんなブサイクな顔、誰かに写真にでも撮られたら、道頓堀に飛び込みたぁなるわ)

ふいに、あの大阪のおっちゃんの怒った顔が思い出された。

(そう言《ゆ》うたらあのおっちゃん、怒った顔の写真出すの、よう許してくれはったなあ。ウチやったら、可愛く撮れた顔以外は絶対NGやのに。今さらやけど、おっちゃん、おおきに)

ガラスに写っている泣き顔の女の子が、少し笑った。その子が着ているのは、ここには来ていない部員から渡された「一撃必撮」Tシャツだった。

(みんなも、おおきに。ごめん、袖んとこで鼻水拭いてもうた)

たしかに、右袖のあたりの色が少し沈んでいる。

「……そうか。そやったわ……そうなんや」

まだ瞼こそ腫れぼったいが、つい数時間前のとまどいは夢叶の瞳からすっかり消えている。そのことに、久華もさくらも未来も気づいていた。

「私たちは関西学園です。タイトルは『つながり』です」

公開審査のプレゼンでこうして夢叶が口にするまで、さくらも未来も、そして久華も、誰も自分たちの作品のタイトルを知らされていなかった。リーダーにまかせると決めた以上、あえて聞かなかった。不安な気持ちでプレゼンの出番を迎えたが、不安はそのクライマックスで一転して安堵に変わった。

「写真甲子園で北海道に来て、『風土』という観点から写真を撮っていると、そのなかには、生きていくために支え合う確かなつながりがありました。それは私たちも同じで——」

夢叶の両隣に並ぶさくらと未来が、一瞬ビクッと反応した。

「——写真を通じてつながり、私はこのふたりとやなかったら、今ここにおらんと思います。だからつながりを大切にしたくて、この八枚をセレクトしました」

そこまで言い終わると、三人で挨拶をした。

「よろしくお願いします!!!」

事前に打ち合わせも練習もしている余裕なんてなかったのに、三人の声がきれいに揃った。やっと三人の心が揃って、その心の奥から出た、張りのある声だった。

湧水を汲みにきた札幌の喫茶店のマスターの写真を中心に構成した、彼女たちの作品がスクリーンに映し出された。組写真としてはけっしてバランスのいいものじゃないことは、自分たちにもわかっている。もっと上手な選択肢がきっとあったはずだ。でも自分たちは、どんな結果でも受け止めると覚悟を決めたのだ――その強い思いが一文字にむすんだ口許《くちもと》に表れていた。

「それでは立木審査委員長、講評をお願いします」

指名を受けた立木は、軽い苦笑いをひとつ浮かべて「えー困った」と切りだした。

「プレゼンテーションは重く受け止めました。でも、写真を見せてもらって、一つ一つは面白く見えるんだけど、同じ方向に三人が向いていない」

(やっぱり見抜かれた――)

自分たちのテーマを詰めないまま好き勝手に撮った写真を、組写真にする段階でなんとなくまとまりがあるように構成した作品なのだ。プロの写真家の目をごまかすことなんてできやしない。

(でも、見抜かれたからゆうてオロオロしたりなんかせえへん。昨日のウチらとはちゃう。

どんな結果でも受け止める。その覚悟だけはもってここに上がるって決めたんやから——）

審査委員長の講評は続く。

「つまり、つながりっていうのがやっとできた段階。もう短期決戦なので明日しか残ってません。そうするともうギリギリなんだけど、あなたたちには未来しかありません。逆に言うと未来があります。だから、その未来を輝かしいものにするか、悲惨なものにするかは、あなたたちの努力なのか、開き直りなのか、どちらかです。でも、それはたぶんできるでしょう」

「できます!!」

食い気味で夢叶が叫んだ。その勢いに会場が気圧《けお》された。

「うーん、すごい！　その心意気がいい」

立木がうれしそうな表情を浮かべた。

「ありがとうございました!!!」

三人揃った溌溂《はつらつ》とした挨拶に、会場から大きな拍手が湧いた。その拍手の渦のなかで、久華は感激の表情を浮かべていた。

「……すごい、すごいわ、あんたら。一日でこんなに成長するやなんて。あたしも……」

「すいません、急にわがまま言いまして」

久華は恐縮した。

「いいのいいの」

本戦の前日に一泊だけホームステイさせてもらった矢吹家のホストの由美子は、夜半の突然の訪問にもかかわらず大阪組をこころよく迎えてくれた。三人の孫たちも、夢叶たちが突然再訪すると知って、わざわざ起きて待っていてくれた。

「ほら、あんたたちはもう寝るの。さあ、どうぞどうぞ」

由美子は久華たちをダイニングに通した。テーブルの上には、今しがたこしらえたばかりのおにぎりが置かれている。

「こちらこそごめんね、こんなものしかなくてさ。夢叶ちゃんからの電話で、すぐに用意したものだから……」

「すいません。いきなりお腹が空いてきて、このままやったら明日戦われへんと思って」

由美子に電話をしたのは夢叶だった。気力の回復が、若い娘たちの食欲を刺激したのだ。

由美子が具だくさんの味噌汁をよそっていると、さくらが夢叶に言った。

「ごめんな、ウチ、言い過ぎたわ」

「ううん。ウチが優柔不断やったから」

そこに未来が「雨降って地固まるってやつやな」と乗っかってきたが、「あんたが言うな」とさくらに突っ込まれた。

三人同時に笑い、三人同時におにぎりにパクついた。真夏の夜だが、今日だけは味噌汁の温かさがうれしい。そう言えば、もう長い時間笑っていなかったし、食べてもいなかったことに、夢叶はあらためて気づいた。

「あんたらのおかげで、先生、頭真っ白になったわ。どんだけ心配したと思ってんの」

「全然心配してへんかったやん。カレーライス全部食べとったで」

「いやーよう見とったね、さくらちゃん。あれは心配しながら食べとったの」

顧問をからかう元気まで出てきたことが、久華を安堵させた。

すると夢叶が、久華を正面から見つめて言った。

「センセ、明日はウチらの好きにさせてください」

「何言《ゆ》うてんの。いつも好きにさしてあげてるやないの。ほんまあんたら手ェかかるなもう。ええわ、好きにしい」

久華は美味そうに味噌汁を飲み干して、さらに言葉をつなげた。

「あたしも、あたしのやりたいようにやるわ」

久華が漏らしたその言葉の意味を――少なくともその一つの意味を――夢叶たちは翌朝知った。

いつもならまだぐっすり眠っている時間に、夢叶は目が覚めた。起きるとすぐ、外へ出た。薄《うっす》らと明るみはじめた空に、大雪山系の稜線が浮き上がろうとしている。

(泣いても笑っても今日が最後や。今日こそウチらの全力を出したるねん。見ときや、大雪山。あんたには手こずらされたけど、今日は負けへんで)

夢叶がよく意味のわからない勝負を大雪山に挑んでいると、市街地に向かう一本道の脇に立つ影が目に入った。最初は熊かとも思ったが、明るみが増すにつれて熊ではないことがはっきりしてきた。夢叶は泊まっていたケビンに急いで戻って、さくらと未来を叩き起こした。

「なんやの、夢叶ちゃん。こんなに早く」

「気合い入りすぎとちゃうか」

「いいから来て」

三人で外へ出てみると、さっき見た影が同じ場所にいた。朝焼けに燃えはじめた大雪山のほうをじっと見つめて動かない。もう影ではなく、人の姿をしていた。

「あれ、英子センセとちゃうの」

「ほんまや。センセや。セ……」

「シッ！」

未来が大声を出そうとするのを夢叶が制した。久華は微動だにしなかった。

「何してはるんやろ」

さくらの問いに夢叶がぼそりと答えた。

「……待ってるんや」

「待ってるて、何？」

そのとき、周りがいちだんと明るくなった。朝日が大雪山を照らし、輝きと彩りを与えはじめた。まるで内側から爆発でもしそうに、山肌が光っている。朝日が山に当たっているのではなく、山がみずから光を放っているように見える。そしてその瞬間をわざわざ待っていたかのごとく、今日という一日が創造されたことを讃える鳥たちの合唱が一斉に始まった。三人の口から揃って「ワァー」と感嘆の声が出た。

　この一瞬を逃すまいと、久華の体が動いた。その前には三脚に据えられたカメラがあった。久華がファインダーを覗いている姿が、夢叶には祈りを捧げているように見えた。

　その直後、久華は三脚をしまいだした。

「あれ、もう終わり？　一回しかシャッター切ってないんとちゃう？」

　不思議がる未来に夢叶が言った。

「一瞬だけなんや、きっと。この大切な一瞬に賭けたんや」

　三人は惜しむようにこの光景を裸眼に焼き付けた。

「センセが先に、ウチらの最後の戦いの火ぶたを切ってくれたんや。ウチらも今日一日、悔い残らんようにやるで。戦闘開始や！」

「おお！　夢叶ちゃんの、北海道で初めてのリーダーっぽい発言、出ましたぁ」

「たしかに夢叶は北海道来てたけど、尾山部長は来てなかったわ。部長、もう写甲の三日目やで。どこほっつき歩いとったん」

「遅れてごめん。あの子、寝起き悪いねん」

　鳥たちの合唱に、娘たちの笑い声が加わった。

夢叶たちの背後で、三人の様子を見ていた影があった。

「やっぱりあの大阪の子か。昨日は廊下で泣いてたようだったけど、もう立ち直ったみたいだな。……っと、よその心配なんかしてる場合じゃなかった。大輝、今日だけは受験のこと忘れて本気出してくれよ」

7

本戦三日目は前日にもまして快晴となった。午前中から気温がぐんぐん上がっていて、琉球高校の選手でさえ「北海道、ぜんぜん涼しくないさー」「だからよ〜」と漏らしているほどだ。

ファイナルステージのテーマは「かけがえのないもの」。そのテーマに沿った写真を撮るため、各チームとも朝から汗だくで被写体を探している。翔太たち東京桜ヶ丘学園チームは、幹線道路脇のトマト栽培のビニールハウスに目をつけ、撮影交渉をしていた。

その様子を、顧問の高島は一〇〇メートルほど離れた場所から見ていた。高島は、久華からもらった米粉のロールケーキをひと口食べては、すぐに後ろに隠すというしぐさを繰り返している。それが久華にはおかしかった。

「そんな隠さなくったって、生徒たちはあんなに遠くにいるんやから見えませんて。はい、コーヒーもどうぞ」

「すみません。いや、なんというか、アイツらががんばっているのに、顧問の僕が何もできないで、こうしておやつをパクついているっていうのが、なんだか申し訳ない気がして」

「でも、辛抱の甲斐があったんやないですか？」

トマト農家との交渉が成立したようで、翔太たちはビニールハウスの中へと入っていった。

この人は他校の生徒のことなのによく見ている、と高島は感心した。

「たしかに初日、二日目と今日とでは、明らかに取り組む姿勢が違ってきているのが、そばにいるとよくわかりますよ。リーダーの椿山は、これまでの自分のスタイルに限界を感じだして、その殻をやぶる突破口を必死にさぐっているようです。驚いたのは、女子の霧島で、最初は助っ人要員程度のポジションだったのに、この二日間で重要な戦力に急成長しています。夕べも撮影のテクニックについて、リーダーにしつこく質問してました」

「それが写真甲子園なんでしょうね。何かね、変わるんですよ。リミッターがいい意味で外れるとでもいいましょうか」

高島は「いやまったく」と大きくうなずいた。

「心配なのは、もう一人の生徒で……」

「ああ、いつも参考書を握ってるあの子ですか」

やはりこの人はよく見ている、と高島は再び感心した。

「夕べも遅くまで勉強してました。受験を制するって言われる大事な夏休みに、一週間ちかくも北海道で受験から切り離された時間を送るんですから、受験生としてはどうしたって不安になる。それはわからないわけじゃないんで、参考書を手放せとは言えないんですけど。それにしたって、せっかく全国五〇〇校以上のなかから選ばれてここに来れてるんだから……」

高島は、早くも温《ぬる》くなりかけているコーヒーで、焦りのような感情を流し込んだ。

「それも高校生ならではの夏、ということですよ。うちの子たちと来たら、勉強しなくてすむ大っぴらな口実ができたって喜んでるくらいですよ」

「そういえば、先生のところの生徒の姿が見えませんが」

「今日はついてくるな言われました。自由にしてますわ」

関西学園チームは、最終日は三人が別々に単独行動をとっていた。自分がいちばん撮りたいものがある場所へそれぞれ行って撮影し、最終のバスで合流するという作戦で、夢叶が本戦で初めてリーダーとして示した方針だった。その方針のもと、さくらは野菜農家へ、未来は幼児センターへ、そして夢叶は川へ向かった。

「単独行動ですか！　それは思い切りましたね。チームの信頼がなければとれない作戦ですね。うちなんか、三人集まって行動しても、心がひとつにまとまってるとは言えないもんなあ。やっぱり、その作戦は先生が？」

「いえ、あの子らが自分たちで決めた作戦です。まあ、うまくいくかどうかはわかりませんけど、どうなっても結果だけはしっかり受け止める気ィがあるかどうか、昨夜はそれだけ覚悟を決めさせて、あとは一切口出しせえへんことにしました。だから内心、ハラハラドキドキですわ」

高島は久華の横顔を見つめた。自分よりおそらくひと回りは年上の、自分よりさばさばした性格のこのベテラン女性教師に、高島は尊敬の念をいだくようになっていた。

「今回、本当に貴重な体験をさせてもらっています。ありがとうございます」

高島が頭を下げたことに、久華は驚いた。

「いえいえ、あたしは何も。こちらこそ、またうちの高校が出るときがあったら、よろしくお願いいします」

「いや、うちに次があるかどうか……」

本戦出場どころか、廃部の危機がすぐそこに迫っている桜ヶ丘学園写真部の顧問としては、正直にそう答えるよりほかなかった。

「……この写真甲子園、私の最後なんです」

「エッ？」

思いもかけぬ久華の告白に、高島は被っていた日除《ひよ》けの帽子を思わず取った。

「定年……ですか？」

「いやわ先生。そんな歳、違いますって」

「ですよねですよね。す、すいません」

高島は余計に噴き出た汗をぬぐった。

「じつは、初戦を突破したあの子らの写真に、クレームがつきまして……」

「もしかして、あの男性が怒っている写真ですか？」

高島は思い当たる写真を口にしたが、ちがった。久華自身も最初はそうかと思ったが、意外にもその写真ではなかった。

「ちがいます。中学生の女の子を撮った写真です。その中学生の親御さんからクレームがありまして……」

久華の視線が落ちた。久華は初戦の最終審査当日、この件で教頭の多田と電話で交したやり取りを思い出していた。


多田教頭が言うには、被写体となった女子中学生が通う学校から電話があって、本校の写真部の生徒が無断で写真を撮ったと保護者が怒っているという。もちろん、被写体となってくれる人にはかならず許可をもらってから撮影するよう、日頃から口をすっぱくして生徒には話している。現にこの写真のことでも、中学生に許可をもらっているかどうか、夢叶に確認はとっていた。

電話口から教頭の苦悩の声が聞こえた。

「しかし、中学生の親御さんは、勝手に撮られたとクレームをつけているみたいなんや。肖像権の問題なんやと。それで、写真のデータをすぐに消去し、プリントは破棄してほしいと」

「そんな！　今さら写真を破棄しろだなんて、そんな無理です。そうかてあの子ら、その写真で初戦審査を突破して、今日のプレゼンに臨んでるんですよ。そやのに、あの写真使われへん、撤回しろって、そんなのできませんわ。それではあんまりあの子たちが……」

「わかってます。それで、本戦出場は決まったんですか？」

「ちょうどこれから発表になるところです」

「もし初戦で落ちたら、なんとか話の落としどころもあるんやが、これでもし通ったりでもしたら、出場を辞退するよりほか……」

そのときは久華も内心では、初戦を突破できなければデータ消去、プリント破棄でもやむを得ないと考えていた。

「それと久華先生、部員の親たちも、あんなひどい所で写真撮らせてたと、ごっつう怒ってはって」

「ひどい所って、普通の商店街……」

次の瞬間、扉の向こうから歓声が上がり、そして「英子センセー！」と自分を呼んでいる声が聞こえてきた。本戦出場が決まったのだ。喜びを分かち合いたくて自分の姿を探す生徒たちの声が聞こえた。その声を聞いた以上、なんとしてもそれに応《こた》えねば、と久華は肚《はら》をすえた。

「……もしもし、久華先生、もしもし聞こえてますか？」

「あ、失礼しました。やはりその件は承服しかねます」

「じゃあ先生、写真部の顧問としてどう対処されますか？」

飲酒や暴力行為が発覚して、野球の甲子園大会出場がフイになるケースがたまにあるが、夢叶たちは何か不祥事をしでかしたわけではない。中学生に被写体になるよう無理強《むりじ》いしたのではないことは、美味《おい》しそうにたこ焼きを頬張ってみせる中学生たちのサービス満点の食べっぷりからも明白だ。

あえていうなら、被写体が未成年であることを考慮して、念のための保護者にも許諾を得ておくべきだった、と言うこともできなくはないが、仮にそうだとしても、全国大会への出場を見合わせなくてはならないほどの不始末とは思えない。

教頭の多田にしても、監督不行き届きの責任を久華にとらせて、写真部の顧問を辞してもらう、というあたりで事態を収拾する目算だった。しかし久華は、それより一段深いところで覚悟を決めていた。

「今、私のできることは、中学生と部員の親御さんを説得して、あんなにがんばっている、一生懸命やっているあの子らの夢を奪わないことです。顧問としてそれだけは守ってやらなければあきません。とにかく、これから学校に戻りますので、詳しい話はそのときに」

それから本戦までの一カ月あまり、久華は件《くだん》の中学生の親たちのもとを行脚《あんぎゃ》した。久華の誠心誠意の説得に、使用を許した親もあったが、一家族《ひと》だけどうしても強硬な姿勢を崩さないモンスター・ペアレントがいた。

「うちの娘のあんなあられもないところを撮られて、それを他人《ひと》さまに見られたんですよ。どう責任とってくれはるんですか？　あんたが教師の職をかけるとでも言わはるんですか？」

「もしそうすれば、許してもらえるんでしょうか？」

「辞める気もないのに、口先ばっかり。そんな教師が多いから……」

「わかりました。では、それで許していただきます」

「え？」

ビニールハウスから翔太たちが出てきた。ここでの撮影が終わったようだ。

「……じゃあ、お辞めになるんですか？」

「勝手に撮ったわけじゃないんですけどね、顧問の責任ですから。でもね、後悔はしてません」

久華はあえて微笑んでみせた。

「あ、黙っておいてくださいね、このこと」

「え？」

「あの子ら、なんも知らんのです」

「そうなんですか、知らないんですか……。はい、わかりました。でも、なんとかお辞めにならな……」

「あれ？　様子がおかしくありませんか？」

久華の声の調子が変わった。見ると、ビニールハウスの前で誰かがうずくまっている。

「大輝、大輝！　先生、大輝が!!」

翔太が高島を呼ぶ声と同時に、大輝は紅潮した顔面から大量の汗を噴き出したまま、地面に崩れ落ちた。握っていた赤い表紙の参考書がバサリと音をたてた。

高島は久華にコーヒーの空き缶を預けると、大輝のもとへ駈けつけた。久華はあたりを見回して事務局の赤Tシャツを探した。

「中野！　大丈夫か？」

高島が呼びかけても、意識が朦朧《もうろう》としているのか返事がない。状況を訊こうとして翔太のほうを見ると、翔太も絢香も顔から大粒の汗がしたたっている。ハウス内部から浸み出した熱気は、外の暑さのなかでもわかるほどだ。

「こりゃ熱中症かもしれない。中野、ほら、水を飲め」

絢香が差し出したペットボトルの水を大輝に飲ませたところで、事務局の担当者がケータイをかけながらやって来た。

「あ～そうです。そこを右に入った所の突き当たりのハウス。急病人は、東京桜ヶ丘学園の男子生徒一名。診療所にはこっちから連絡しときます。……顧問の先生ですね。今、救護車が来ますので、病院に運びましょう。先生もご一緒に」

「わかりました。中野、立てるか？　先生の背中におぶされ。今、病院に連れていってやるからな」

「ハアハア……すいません」

荒い息ながら、やっとのことで大輝が返事をした。救護車が来て、冷房の利いた車内に運び込まれた。

「……患者は一八歳、男性。名前は、ナカノ・ダイキ。写真甲子園に来てる高校生です。いえ、外傷はありません。熱中症っぽい症状です。はい、かなり朦朧《もうろう》としてますけど、意識はあります。自力歩行はできなさそうですね。いえ、脈も血圧もこれからです。一五分ぐらいで着くと思いますので、よろしくお願いします。……じゃあ先生、乗ってください」

ドアが閉まる直前に、翔太は参考書を大輝のリュックに差し込んでやった。

翔太と絢香に高島が早口で言った。

「心配しないで、おまえたちは撮影を続けろ。いいな。じゃ、お願いします」

大輝と高島を乗せた救護車が陽炎《かげろう》のゆらめく舗装道路を飛ばしてゆくのを、翔太と絢香は見送った。

(好きな子と一緒に北海道に来てるんだ。もっと楽しい時間を過ごしたかったにちがいない。それに写真を撮ることだって、大輝はもともと好きなんだ。それなのに、ここに来てまで受験勉強をやめなかった、いや、やめることができなかった。気づいてやれなかったけど、アイツ、さぞ苦しかったんだろうな……)

車影が道路の起伏の向こう側に見えなくなっても、翔太は、したたる汗をぬぐいもせずにしばらくそのまま立ちつづけた。

「……無理してたんだな」

「………」

「アイツだって本当はこの夏を、写真甲子園を、楽しみたかったはずなんだ……」

自分のわがままに無理に付き合わせた結果、大輝を苦しませてしまった、という後悔の念が翔太を縛りつけていた。

「………行くよ」

絢香がぼそりと、しかし決意を秘めた口調で言った。

「撮りに行くよ」

翔太に「どこに？」と問い返す隙《すき》をあたえず、絢香は歩きだした。


「またおまえらか！」

クラフト工房の職人・日置は、やって来た絢香と翔太を見て開口一番そう言ったが、不思議と昨日のように怒っている調子はなかった。

「今日が私たち最後の撮影なんです。どうしてもその椅子を作っているところを撮りたいんですが、お願いできないでしょうか?」

「チョロチョロされると邪魔なんだ」

「お願いします!」

深々と頭を下げる絢香を見て、翔太もあわててお辞儀した。頭を下げながら、翔太は視線だけを絢香に向けた。

「しつこいな。忙しいからダメだって言ってるっしょ。あ、親方、コイツらですよ」

「おお、キミらが昨日来たっちゅう子か」

奥から、耳に鉛筆をはさんだ飛驒野忠幸が出てきた。

「悪気があって意地悪してるわけじゃねえんだよ、コイツは。ハハハ、頑固な職人だから。まあ、入って」

飛驒野が応対してくれると見てとって、日置は「やれやれ」といった顔つきでそそくさと奥へ引っ込んだ。

「写真甲子園は初めて? そりゃ大変だな」

用件を言いだしたのは絢香だった。絢香はショールームに飾られている小さな木製の椅子を見つめながら言った。

「あの、撮ってもいいですか？」

「これ？　ああ、どうぞ」

そう言うと、飛驒野は椅子を持ち上げて裏側を見せた。白い木肌に焼き印がギュッと押されている。

「これは、この町で生まれた子どもに贈る椅子で、ここに名前と生まれた日を焼き印するんだ。『キミの居場所はここにあるぞ』ってね。一脚一脚手づくりさ。こういうの、東川っぽいんでないかい。ハハハ」

(そうか。こういうのが『風土』ってことなんだ。昨日のうちに粘って撮らせてもらえばよかった)

昨日撮れなかったのは残念だが、勘は悪くなかった。翔太のなかに、失いかけていた自信が少し戻ってきた。

絢香はさっそくレンズを向けている。

「すみませんが、焼き印の部分が見えるように椅子を持ってもらえませんか？　一緒に写したいんです」

「ん？　一緒にって俺もか？　ハハ、まいったな」

飛騨野は照れながらも、可愛らしい椅子をそっとかかえて笑ってみせた。

「なんだか、孫をあやしているお爺さんって感じですね」

「椅子が孫ってか。たしかにそうだ。アハハハ、そりゃいい」

絢香のストレートな表現に、飛騨野の笑い声は一段と大きくなった。

「あのう、あそこに飾ってある写真は……」

いつしか翔太の視線は、ショールームの壁にかかっているモノクロ写真に向けられていた。写真が飾られているスペースが不自然な〝歯抜け〟状態になっていて、二、三枚だけが残されたままになっている。

子どもらがリヤカーに乗っている写真や、男の子と女の子が混合で腕相撲をしている写真。少年がブタにまたがっている写真もある。

翔太には、それらの写真に見覚えがあるような気がした。といっても、まったく同じ写真を見た記憶はない。ただ、同じカメラマンが撮った写真を見たことがあるような気がした。

「ん？　あ〜あれ。もっとあったんだけど、写真甲子園の会場に飾るからって町長が借り出してったから、今はあれしかないけどな」

（あの人、やっぱり町長だったのか……）

「うちの親父《おやじ》が撮ったもんだよ。飛騨野数右衛門っていうんだけど」

「じゃあ、会場の廊下に飾ってあった、少年が鮭を手に持ってる写真も……」

「お、あれを見たのかい。そうだよ。親父が撮った写真だ。そんで、そこに写ってた子どもっちゅうのが、ホレ」

飛騨野忠幸がいたずらっぽい表情で、自分自身を指差した。

「忠別川で鮭が釣れて、うれしくて親父に撮ってもらったんだ。ハハハ、鮭が生きてて動くもんだから、写真がブレちまってるけどね。そんで、そこのブタにまたがっているのも俺だ」

「あ〜ッ。どうりでどこかで見たことがあるような気が。だとすると、いつごろの写真なんですか？」

「ん〜、もう六〇年以上も前かな」

「じゃあ、デジタルじゃなくて、フィルムで……」

「いやいや、フィルムよりももっと前の、乾板で撮った写真だよ」

〝乾板写真〟というものが昔あったことは翔太も知っているし、乾板の写真機も見たことはある。しかし、乾板で撮った写真に写っている人物が生きて目の前にいることが、どうにも不思議に思えた。

「乾板写真っていうのは、どうやって……」

「それで、あの椅子を作っているところを、ぜひ撮らせていただけないでしょうか？」

翔太のカメラおたく魂が頭をもたげてくるのを未然に防ぐかのように、絢香が本題をあらためて切り出した。

「椅子でなくてもいいんです。工房で何か作っているところをどうしても撮りたいんです。作業のお邪魔はしませんから。ぜひお願いします！」

「お、お願いします！」

絢香が頭を下げるのにワンテンポ遅れて、翔太も頭を下げた。

「ああ、かまわんよ。作業場に案内しよう」

「ありがとうございます！」

「……あんときも、こうしてやれてたらなあ」

快諾してもらえたのはうれしかったが、その後で飛騨野がもらしたひと言が翔太と絢香には気になった。飛驒野は絢香のほうに視線を向けて言った。

「そういえば、なんとなく似てるなあ……」

「え、私が？　誰にですか？」

「写真甲子園が始まったころ、まだみんな何もわからなくて、すべてが手探りで試行錯誤していた時代があってね。そんな時代に、必死になって写真を撮っていた、ちょうどキミぐらいの女子高生がいてね……」

＊＊＊

見渡す限りの向日葵《ひまわり》の黄色のなかに、セーラー服の白が見え隠れしている。まだ中学生の面影がのこる幼い顔立ちの、ひっつめ髪をしたその少女は、キュートさを台無しにしかねない厳しい目つきで、自分より背の高い向日葵を俯瞰《ふかん》できる場所を探して駈け回っていた。背中にしょった白いリュックが大きく上下している。

やっと狙いどおりのポジションが見つかって、アングルを決め、カメラのシャッターボタンを押した。数カット撮ったところでフィルムのコマが一杯になった。フィルムをケースにしまい、新しいフィルムをセットして続きを撮ろうとしたが、今度はどうしたことかシャッターボタンが降りない。フィルムの嵌め込み方がよくなかったのかと思いセットし直したが、やはり結果は同じだった。

離れた場所にいる写真甲子園のサポート係の所まで駆け寄っていくと、カメラを差し出して、息を切らせながら言った。

「シャッターが切れないいんです」

カメラを受け取ったサポート係が動作を確認する時間すら惜しんで、少女は、

「代わりのカメラを貸してください！」

と頼み込むと、サポート係のカメラを奪うように受け取って、再び向日葵畑のなかへと駆け込んでいった。街場にステージを移してからも、その子は、タイムトライアルのゲームでもしているかのような鬼気迫る表情で、次々と被写体をフレームに収めていった。

クラフト工房の前に来たとき、彼女の足が止まった。「すみません」と声をかけるが、誰もいない。一瞬のためらいを自ら振り切って中に進むと、作業場に置かれた制作途中の椅子が目に入った。

美しい木目と流れるようなアームのその小さな椅子は、不特定多数の人が腰かけるため

のものではなく、特定の誰か――椅子の小ささから赤ん坊とすぐにわかった――に座ってほしくて作られていることは一目瞭然だった。

彼女は、その誰かのための椅子に向けてシャッターを切った。その椅子が捧げられることになる誰かが、その椅子に座っている、そんな光景が彼女の頭のなかで思い描かれていた。それはもう〝人のいない肖像写真〟とでも言うべきものだった。

そのとき、背後から伸びてきた無骨な手が、カメラを無遠慮につかんで奪い取った。

「！」

カメラの蓋が有無を言わさず開けられ、フィルムが抜き取られた。

「!!」

感光してしまったフィルムを握りしめながら、彼女は工房を後にした。そして新しいフィルムをカメラに入れると、涙をぬぐいながら、次の被写体を探しに駈けだした。

＊　＊　＊

「……そんで、その子のフィルムを抜き取ったの……この俺だ」

飛騨野はうつむいて言った。手には手拭いが固く握りしめられていた。

「!!」

大の大人が見せる後悔の表情が、高校生のふたりをたじろがせた。

「その子、ダメになったフィルムを拾い上げると、俺に言ったんだ。『すみませんでした。出直してきます』って。せっかく撮った写真をダメにされたのに、恨み言ひとつ口にせんで、深々と頭を下げてなあ。頭を上げたときの涙を必死でこらえている顔が、今でも忘れられん」

「…………」

「その顔を見て、俺は、とんでもないことをしてしまったと気づいたよ。だから、その子が出直してきたら、喜んで撮らせてあげようと思ってなあ。待ってたんだ……」

「それでその子、もう一度来たんですか?」

絢香はその子のことが他人事には思えず、訊いてみた。飛騨野は残念そうに首を横に振った。

「いつでも撮りに来いよって、待ってたんだ。……今だって、待ってるんだ」

飛騨野は握りしめた手拭いを目に当てていた。ガッシリと張り出した肩が波打っている。

それに気づいて、翔太と絢香はうろたえた。とても見てはいられなかった。

そこへ、日置がお盆にトマトジュースを載せて戻ってきた。グラスは少し汗をかいていた。

「さっぱり作業場に来ないから、様子を見に来たんだ。おまえら、時間ないんだろ。こっちはいつだってオーケーだから。これは作業場で飲め。さ、こっちだ」

日置に強引に促されるまま、翔太と絢香は作業場へと入っていった。作業場に入ると、日置が小声で言った。

「……だから、親方をオマエらと会わせたくなかったんだ。親方、毎年この季節になると、必ずあの話するんだよ。それでしばらく落ち込んで、仕事が手につかなくなっちまうんだ。あの感じだと二、三日、いや四、五日は使いものになんねーぞもう」

「そうだったんですか」

昨日の日置に取りつく島がなかったわけは、翔太にもなんとなく理解できた。それでも、飛驒野があれほど激しく後悔していることには、いまひとつ合点がいかなかった。

「ここ数年涙もろくはなってたけど、今年はとくにひどそうだ。……あんたがその子に似てたらしいからな」

日置がチラリと絢香に視線をおくった。その視線を受けて絢香が言った。

「じゃあ、その子とはそれっきり会ってないんですか？」

日置が言いにくそうに口を開いた。

「……俺もよくは知らねえけど、なんかの重い病気だったらしくてさ。高校を卒業して間もなく亡くなったって聞いた」

「!!」

「その子、たしか愛梨寿《あいりす》って名前だったかな、何回か聞かされたんで憶えちゃったよ。親方が言うには、その愛梨寿って子、自分の寿命を知ってたんじゃないか、知っていて、自分が生きてた証《あかし》を写真に刻んでおきたかったんじゃないかって。本当かどうかは知らねえけど」

「…………」

「んなもんで、親方、あんなに今でも悔やんでるんだ」

その話を聞いて翔太と絢香まで沈んでいるのに気づいて、日置が慌《あわ》てた。

「さ、写真撮ろう写真。どういうところを撮りたいんだ？　言っとくけど、ポーズとか笑顔とかできねえからな」

日置があえてヘタクソな笑顔をつくってみせた。

撮影が終わっても、飛驒野は出てこなかった。親方によろしく伝えてほしいと日置に頼んで、翔太と絢香は工房を後にした。

気づくと、ふたりとも早足になっていた。

「その子きっと、まだまだ撮りたいものがあったんだろうね。まだまだ一杯……」

自分の顔から滴っているのが汗なのか涙なのか、絢香自身にもわからなかった。

「……今しかないんだよな」

「そう、今しかない」

「撮るぞ！」

早足はいつしか駈け足になっていた。


「……今、点滴を受けていて、しばらくは安静に……いえ、保護者の方には私のほうから……廃部、廃部ですか？　それとこれとは話が！……とにかく東京に戻ってから……はい。では」

診療所の処置室で点滴を受けている大輝の耳に、廊下で高島が佐伯校長と電話で話をしているのが断片的に――けれども「廃部」という言葉だけはハッキリと――聞こえてきた。

「起きてたのか。もうちょっと寝てろ。熱中症だって。無理したんだな」

上半身を起こしている大輝に高島が声をかけた。

「もう大丈夫です。すいません。俺、みんなに迷惑かけちゃって……」

「何言ってるんだよ。おまえなりにがんばったじゃないか」

「先生。俺のせいで写真部、廃部になるんですか？」

「おまえのせいじゃない。いつかはこうなる時が来ると思ってた」

高島はあきらめ顔を殺して返答した。

「俺、大学の推薦ポイントが欲しくて……。それに、霧島絢香さんが参加するって聞いたから……自分のことばっかりで。そのくせ何の役にも立たなくて、みんなに申し訳……」

高島は大輝の懺悔の告白を聞いて、内心驚いた。そして、久華が言った「写真甲子園では何かが変わる」という言葉を思い返していた。

「おまえの動機がどうであれ、おまえが来なかったら、写真甲子園に出れなかったんだぞ。先生は感謝してる。椿山と霧島だってそうだ。写真甲子園に連れてきてくれて、ありがとうって」

「…………」

　悔しさと情けなさと申し訳なさが、大輝から言葉を失わせていた。

「いいから、今は何も考えず安静にしてろ。写真を撮りに行けなくても、治ったらやれることはある。セレクトもプレゼンもこれからなんだ。撮影はあのふたりにまかせて、おまえはまず体を治すことに専念しろ」

「あら、ごめんなさい、先生に怒られてたとこだった？」

　看護師が入ってきて、スタンドにかかっている生理食塩水の袋が空になっているのを確認してから、針を外した。

「点滴は終わりましたけど、もう少しこのままここで休んでもらって経過観察します。あ、先生、医事課の者が患者さんの保険証を持ってきてほしいって」

「そうだった。中野、保険証持参して来てるよな。ちょっと貸してくれ。あと、自宅の電話番号も。ご両親にもあらためて報告しとかないと」

　高島と看護師が処置室からいなくなると、東京では聞いたことのないセミの鳴き声が大輝の耳に届いてきた。

「…………」

高島が戻ってきたとき、ベッドには大輝の姿はなかった。

「トイレか」

高島はベッド脇のパイプ椅子に腰を降ろして、写真部が廃部にならずに済む可能性を考えた。

「こうなると、やっぱり入賞が欲しいところなんだが……」

そうなれば、さすがの校長だって、全国選手権で入賞を勝ち取った部を廃部にはできないだろうし、大輝の父母だって、息子がこんなになってまでがんばったおかげで入賞できたとなれば、そうそう怒ることもないだろう、というのが高島の読みだ。

「……椿山に霧島、頼んだぞ」

「さて、もういっぺん体温を計ってみましょうか。あれ？　患者さん、トイレかしら？」

体温計を持って看護師が現れた。

「だと思いますけど」

見ると、カメラがあった場所にカメラが見当たらず、代わりに参考書が置いてあった。

8

「さくらちゃ〜ん、こっちこっち！」

モモンガ・バスの通過ポイントで手を振っている未来を見つけて、さくらが駈け寄った。

「未来、保育園どうやった？　うまくいった？」

「バッチリや！」

「あんた、子どもにすぐなつかれるからなあ。精神年齢が近いと、こうゆうとき有利やな」

「ウチが子どもにハマッてるんやないよ。さくらちゃんの顔が恐《こわ》あて、子どもが近づかへんの」

定番の掛け合い漫才が始まった。ふたりの調子はよさそうだ。

さくらが、未来のカメラの液晶モニターをスクロールすると、次々と子どもたちの笑い顔が現れた。

「あ、これええやん。ええの撮れてるやん」

「途中から〝変顔〟大会になってもうてるけど」

なかに一枚、未来自身の顔のどアップがあった。口と鼻の穴を広げて、思い切り白眼を剝《む》いている。

「なんや、自分の変顔も入ってるやん。一眼レフで自撮り、しかも変顔て」

「いちおうお手本見せとかんとあかん思て。子どもにカメラ渡して撮り方教えて、シャッター切ってもろたんやけど、それってルール違反やろか？」

「ルールどうのこうの言《ゆ》う前に、この自分の変顔、一瞬でも選ばれる思ったんかい！」

「さくらちゃんのほうは？」

今度は未来がさくらの作品を見た。

「なんやの？　この『ムーミン』に出てくるニョロニョロみたいなやつ」

「あんた、アスパラガス食うたことないんか？　アスパラのビニールハウスに行ったんや」

さくらの写真には、土からすっくと生え出た立派なアスパラガスのかたわらで、農家のおじさんが、うちのアスパラは一級品だろ？　そうでないかい？　そう思わないかい？とでも言いたげなドヤ顔で写っている。

「なんや、さくらちゃんも変顔撮ってるやないの」

「撮ってへんわ」

「だって、この農家のおっちゃんも、明らかに変顔してるやん」

おっちゃんのおっぴろげた鼻の穴からは、自慢のアスパラにもひけをとらない立派な鼻毛が生え出している。

「そんな失礼なこと言《ゆ》うたらあかん。真面目な顔や。真面目にアスパラのことしゃべってくれはってん。話長ごうて、切り上げるのに苦労したけどな。……で、夢叶は？」

「川へ行く言うてたから、水に映った自分の変顔、撮ってくるんとちゃう？」

「ウチらのテーマ、変顔やないっちゅーの」

さくらが未来の肩を〝えーかげんにしい〟と叩いた。

「夢叶ちゃん、乗ろう約束したバスにもう乗ってるんやない？　川はバスが来るほうにあるんやし」

「だといいんやけど。最終バスまでもうあんまり時間ないし、とにかく電話してみよか」

夢叶は魚でもすくうような格好で、浅い早瀬の真ん中で身を屈めていた。写真甲子園のラストステージで夢叶が撮ろうとしていたのは、せせらぎが作り出す小さな虹だった。小さな虹の向こうに見える自然が撮りたかった。

(東京のガッコの子が撮った写真みたいな、気がつかんところで宝石みたいにキラキラ輝いてる小さな自然を、手のひらでそっとすくいとるように、ウチも撮ってみたい)

あえて人間《ひと》以外を被写体に選ぼうと決めたことは、自分自身にとっても意外だった。なぜそうしようと思ったのかは自分にもよく理解できていないが、何か新しいものにトライしたいという気持ちを抑えることができなかった。

ここまで夢叶たちは、北海道の自然と正面から向き合うことを避けてきた。せっかく北海道にまで来たのに、北海道を大阪のように撮ろうとして、そのごまかしを審査委員に見抜かれた。

(失敗したってええんや。失敗したら、それが自分の実力ゆうことや。結果はしっかり受け止めたる)

最後は単独行動にしようと決めたのは、三人一緒に行動しているときにはどこかしらに漂っていた〝なあなあ〟な感じを断ち切って、一人ひとりが自分の作品に責任をもつためだ。

（それに、ウチがうまいこといかんでも、さくらも未来もおるんや。あのふたりやったら立派な写真撮ってくれる。これは他人を当てにしてるんとはちゃう。仲間を信頼してるちゅうことなんや）

最後の最後に来て、自分がすべきことがやっと定まった気がしていた。

しかし、自然は人間の気がまえが変わったくらいでは、急に優しくなってくれたりはしない。川の虹は、美しく輝いたと思ってシャッターボタンを押そうとした次の瞬間にはパッと霧散して、消えていく。「今だ！」と思って何度シャッターを切っても、モニターを確認してみると、そのいちばん美しい〝今〟がまるで撮れていない。あたかも光が意志をもって、ひよっ子写真家をからかっているかのようだ。

（またアカン。よっしゃ、こうなったら自然との根比べや。自然が根負けしてウチに撮らせてくれるまで、諦めへんで）

屈んだ夢叶の姿勢がいちだんと低くなった。お尻が水に浸《つ》かったが、夢叶はお尻なんかケビンに置いてきたかのように撮影に没頭した。

しばらく川面の虹と格闘しているうちに、わかってきたことがあった。

(そうか、川の水のしぶきにうまいこと光が映ると、虹が出来るんや。そいでもって、しぶきはいつも一定やない。水の量や勢い、それに水がぶつかる石の形によって変わる。ということは、虹がいっちゃんキレイに出る周期ちゅうか、リズムみたいなもんがあるはずや……)

夢叶は、ファインダーからいったん目を離して裸眼で川面を見つめながら、同時に、せせらぎが立てる音に耳を傾けた。虹がいちばん美しく輝く瞬間、川はどんな音を立てているかに意識を集中させた。

(……そうか、あそこの白っぽい石に水量の多い流れがぶつかると、水しぶきが高く上がって、それがキレイな虹色をつくるんや)

夢叶はあらためてカメラをかまえた。しかし今度は、いったんファインダーを覗いてアングルを確認すると、ファインダーからあえて目を離した。そして目をつぶった。

(サワサワサワサワっときて、いったんツーって静かになって、そいで次の瞬間ザッバーンってなるのか。……サワサワサワサワ……ツー……ザッバーン、……サワサワサワ……ツー……

ザッバーン、……サワサワサワ……ツー……ここや！）

夢叶は目をつぶったままシャッターを切った。そして、ゆっくり目を開けた。ファインダーには、七色の向日葵《ひまわり》のような虹が咲いていた。

「撮れた！　いや、アングルがイマイチや。よし、今度こそ」

夢叶はこのリズムを忘れないように「サワサワサワ、ツー、ザッバーン」を口ずさんだ。自然を切り取ろうとしていた女の子は、いつの間にか自然のリズムを体得し、自然の一部と化していた。

ところが、何回かシャッターボタンを押していると、突然シャッターが切れなくなった。

「!?」

画面を見ると、「カードの容量が一杯です」という表示が出た。

「やっと調子が出てきたとこやのに！」

夢叶は膝を伸ばして立ち上がった。膝と腰の痛みが、ずっと無理な姿勢を続けていたことを思い起こさせたが、そんなことにかまってはいられない。やっと波に乗ってきたところなのだ。夢叶はＳＤカードを交換しようとカメラのボディの蓋を開け、カードを取り出した。

そのとき、腕時計の時刻表示が目に入った。腕時計は最終のモモンガ・バスが通過する一〇分前をさしていた。

「時間があらへん!!」

次の瞬間、慌てた夢叶の指先から、SDカードが滑り落ちた。

「アッ!」

木の葉のようにアッという間に流されたのか、あるいは沈んで川床の泥にまぎれたのか、SDカードの姿を完全に見失った。足元には見当たらない。流れの先を追おうとして、夢叶は足を滑らせた。石が膝を打ち、からだ全体が大きなしぶきを立てた。一瞬沸き立った川底の土砂が鎮まって清流が透明度をとり戻すと、代わって鮮やかな赤い色が川に細い筋をひいた。

「……痛ッ」

膝から流れ出た鮮血をぬぐうこともせず、ポケットのスマホごと全身水浸しになった夢叶は、同じくビショビショになった荷物を拾い上げて川岸へ上がった。

音さえしそうな痛みを訴える左膝をひきずってバス停へ向かったが、着いたときにはバスの背中が遠くに見えていた。

「待って、待って、待って！　ね、おーい！　待ってよぉー」

道に水滴を残しながら夢叶はバスの背中を追いかけて走ったが、長く直線が続く一本道の先にかろうじて見えていたバスは、やがて見えなくなった。


「夢叶、なんで出えへんの？」

さくらがさっきから何度もコールしているのに、夢叶がスマホに出ない。

「さくらちゃん、バス来たで！」

最終のモモンガ・バスが到着した。扉が開くのももどかしく、さくらはステップを駆け上がって車内を見回したが、夢叶の姿はなかった。後ろから乗り込もうとした未来に、さくらが言った。

「降りて！」

「え、なんで？」

さくらは未来を押し出そうとした。

「これ、最後のバスやねんで」

「いいから降りて!!」

さくらと未来はとうとうバスから降りてしまった。バスの窓からは、他校の選手たちが、何が起きているのかと覗いている。わけがわからないのは未来も同じだ。

「何でなん？」

「…………」

未来の問いかけに、さくらはただ黙っている。さくらは、子どもになつかれないと未来に揶揄《やゆ》された恐い表情のまま、黙ってバスが来た方角をにらんでいる。

「何でなん？　何でなん？　データ間に合わへんやん！　な！」

赤いTシャツの実行委員が、ありったけの困惑と同情を顔に浮かべながら、「発車しますよ」と言った。

バスの最後尾の窓から他校の生徒が心配そうな顔で振り向いていたが、バスは無情にも動きだし、やがてそれも見えなくなった。ふたりはしばらくの間、言葉もなく道路の真ん中に立ち尽くすほかなかった。

「……なんで？　さっきのバスが最終やったのに」

「夢叶がバスに乗ってへんかってん」

「夢叶ちゃんがおらへんからって、ウチらのファイナルはどうなるん？」

そのとき、さくらのスマホが鳴った。夢叶からかと思ったが、久華からだった。

「あ、センセ、夢叶が来てへん！……わかりません。未来とウチは予定どおりバス停で落ち合えたんやけど……夢叶がまだやったから、ウチらは最終のバスには乗らんとそのまま待ってるんです……はい、しました。でも、つながんなくて……うん、うん……お願いします。このままここで夢叶を待ってますから」

久華からの電話が終わると、さくらが未来に言った。

「英子センセ、実行委員に締め切りの時間を延ばしてくれるよう頼んでみるから、このままここで夢叶を待ってるようにって。夢叶、かならず来るからって」

「…………」

「夢叶に何かあったんかも」

「……どうするん？」

未来はすでに半泣きの状態だ。

「……ウチらの写甲はどうするん？　さくらちゃん、写甲諦められるん？」

「諦めへんよ。そやけど、友だちがおれへん自分だけの写甲なんか、写甲やない。誰か一人欠けたらあかん。夢叶が行かれへんのやったら、ウチも行かへん」

未来にというより、自分に言い聞かせるように、さくらが答えた。

「そやかて……」

悔し涙を光らせながらなおも食い下がろうとする未来のほうに向き直って、さくらが諭《さと》した。

「未来、もし遅れたのが夢叶やのうてあんたやったら、夢叶はどうしたと思う？」

「え？」

「きっとバスに乗らずに、あんたのこと待つんやないかな」

「………」

「ウチもそうするよ」

「……さくらちゃん」

「どんな結果でも受け止める。夕べ、そない決めたやろ、な。これも結果や。ふたりで夢叶が来るの待とう。大阪帰ったら、あの子にマクドで好きな物《もん》おごらせたらええやん。な？」

「……イヤや」

「未来、そないな聞き分けのないこと言わんと……」

「……ウチ、サイゼがええ」

「ああ、ああ。ミラノ風ドリアでも何でも食べたらええ。ウチはエスカルゴのガーリックソテーが――」

「さくらちゃん、あれ!!」

陽炎《かげろう》に揺れる人の姿が一本道の向こうに見えた。遠目にでも不自然な足の運びをしているのがわかる。

「夢叶!!」

ふたりは夢叶に向かって駈けだした。

「夢叶ちゃん!」

「ケガ、どうしたん!」

左の膝から足首にかけて、早くも乾いた血痕がついている。それ以外にも手のひらや顔に擦り傷があった。

「……ンアッ、ハアハア……ごめん、SDカード失《な》くして……ハアハア、バスに乗られへんかった」

さくらが傷の手当てをしようとすると、それを制止して夢叶が息を切らせたまま言った。

「ハアハア……ふたりのＳＤカード出して」

「どうするん？」

「いいから出して」

「届ける」

「無理やわ」

「無理かどうかやってみる」

夢叶はふたりのＳＤカードを奪うように受け取ると、再び走りだした。

夢叶の背中を、さくらも未来も追った。


セレクト会場になっている終点の海洋センターの前で、久華は待っていた。到着したバスの車内に関西学園の選手たちの姿を探したが、やはり見つからない。さくらが言ったとおりだ。

バスから降りてきた各校の選手が、セレクト会場入り口のメディア回収係の前に集まっている。テーブルに置かれた時計の電光掲示が、締め切りまで「あと一〇分」と表示していた。

「メディアの回収はこちらです。各校の選手はＳＤカードを提出してください」

回収係が声を張り上げると、ギリギリまで必要のないデータを消去していた選手たちも、写真データの入ったＳＤカードを次々と提出しはじめた。

「沖縄の琉球高校です。お願いします」

「はい、お預かりします」

「東京桜ヶ丘学園です」

「桜ヶ丘学園さん、と。はい、たしかにお預かりしました」

提出されたＳＤカードはあらかじめ用意された封筒に入れられた。とうとう、テーブルの上には関西学園の空の封筒だけが残った。時計の表示は「あと三分」となっている。

「まもなく締め切ります」

かぶっていた帽子をとって久華が回収係のテーブルに近づいた。

「あの、すみません。関西学園ですけど、何か手違いがあったんやと思います。もう少し待ってもらえませんか？」

「時間を過ぎると減点になりますが……」

提出するはずのメディアがどこに行ったか見当たらない、ということは過去にあったが、提出の締め切り時間になっても選手たちが現れないというのは例がない。前代未聞の事態になりかけていることを察知して、回収の担当者の顔にも焦りが走っている。

「すみません。もう少し、もう少しお願いします」

とうとうタイムアップの時間になったが、夢叶たちの姿はまだ見えない。各校の選手たちはセレクト会場の中に入っていく。入り口では、回収係をふくむ何人かの実行委員が何やら打ち合わせている。

締め切りからすでに一〇分が過ぎた。実行委員が机の撤収を始めた。

焦《じ》れた久華がさくらに電話をかけた。

「さくら、夢叶は来たんか？　そうか!!　あとどのくらいや？　とにかくがんばり！」

電話を切ると、久華が回収係に詰め寄った。

「すいません。今来ますので、もう少しだけ待ってやってください。お願いします！」

「もうこれ以上は待てません」

「もう少し、もう少しだけ」

「減点の範囲を超えました。これ以上待つと、他の選手たちとの公平さを保つことができません。残念ですが……」

回収係が、自分が何か悪いことでもしているかのような申し訳なさそうな表情で、回収打ち切りを告げた。

北の大地の一本道は、いじわるなほど真っ直ぐで、長かった。くわえて、バスで移動しているときは気づかなかったが、自分の足で走ってみると、案外上下にゆるやかに褶《う》曲《ね》っているのがわかる。そのアップダウンが足にこたえた。

もうだいぶ走ったはずなのに、ゴールに近づいている感じがしない。この起伏の向こうに目指すゴールがあるはず、と思ってそこを越えると、その先にもうひとつの起伏が待っている。ゴールに向かって走っているつもりで、じつは、ハムスターが飼育ケースの回し車の中を走っているように同じ所をグルグル回ってるだけなんじゃないか……そんな錯覚さえ夢叶はおぼえた。

喉が渇いてしかたないが、ペットボトルの水はとっくに空だ。顔には塩が浮き出ているが、汗の塩なのか涙の塩なのかわからない。どっちにしたって、他人には見せられない顔に変わりはない。

「夢叶、待って。未来が遅れてる」

振り返ると、未来の足が完全に止まっている。

「未来！」

夢叶とさくらが戻って駈け寄ろうとすると、未来が力のない声で、それでも精一杯叫んだ。

「ハアハア……いいから、先行って」

「最後まで三人一緒や。ほら、がんばり」

さくらに励まされて未来は再び走りはじめたが、しばらくするとまた遅れだした。気がつくと、もう数十メートルも離れて、今度は道路にへたり込んでいる。

もう一度未来の所へ戻ろうとしたとき、後方からやって来たワゴン車が、へたり込んでいる未来のそばで停車した。

「あれ？　写真撮りに来た大阪の子でないかい？」

「あ……」

しんどそうに未来が顔を上げると、ワゴン車の運転手は、湧水地で水を汲んでいた札幌の喫茶店のマスターだった。

「おっちゃん、札幌に帰ったんじゃ……」

「タンクが途中で水漏れしちゃってさ、汲み直しに戻ったんだ。そんなことより、大丈夫か？　そんなにヘタバッてて。よし、乗せてってやるよ。どこまで行くんだ？」

そのやり取りが前方の夢叶とさくらにも届いて、ふたりは一瞬焦った。

「おおきに。ハアハア、でも、決まったバス以外乗ったらあかんルールやねん」

その焦りが杞憂《きゆう》と知って、夢叶とさくらはホッとした。

「いくらルールったって、そんな状態じゃ……」

「ここで乗ってしもたら、ウチら写甲に来た意味なくなるねん。ハアハア……どんなんなっても、自分たちが招いた結果は自分たちでしっかり受け止める。そうみんなで決めたから……正直しんどいけど」

「未来*!!*」

夢叶とさくらが駈け寄って、未来を抱きしめた。

「そうか。大阪の子は根性あるなあ。……よし、それなら」

マスターはそのまま車を発進させるかと思いきや、積んであったタンクの栓を開けた。

タンクには湧水地で汲んできた大雪山のミネラルウォーターが満タンに入っていた。

「カメラにかからんようにな」

そう言うと、マスターは未来の頭に水をぶちまけた。

「プハーッ！」

未来はかけられた水を、そのまま口の中にも流し込んだ。

「これならルール違反にはならんだろ。さ、あんたらも」

夢叶もさくらも、ミネラルウォーターの路上シャワーを遠慮なく浴びた。自分たちを苦しめた北海道の自然が、最後の最後で自分たちに力をくれた気がした。

「おっちゃん、ほんまおおきに。生き返ったわ」

「あと少しだ。がんばれ！」

走り去るワゴン車を追うように、回復した三人はまた走りはじめた。


やっとの思いで会場の入り口が見えてきた。それと同時に、向こうから一目散に走ってくる人の影があった——久華だった。

夢叶は久華の腕に倒れ込むようにして抱えられた。左膝が黒ずんでいるのには久華もすぐに気づいたが、間近で見ると、顔や腕にもあちこちに小さな擦り傷がついている。

「どないしたんや。こんなにケガして」

夢叶は二枚のＳＤカードを差し出した。

「センセ、すいません。ウチのは失《な》くしてしまいました。でも、さくらと未来のはここに……」

「あんな、夢叶……締め切りに間に合わんかったから、ＳＤカードは受け取れへんって」

夢叶が両手で顔をおおった。かろうじて立っていたさくらの膝が崩れ落ちた。未来は声を上げて泣いた。

「ちょっと聞いて、ちょっと先生の話聞いて！　ええか、セレクトタイムはもう始まってる。泣いてる暇はないねん。今日の分は受け取ってもらわれへんかったけど、今までの写真で勝負や。チャンスはまだある」

三人が顔を上げた。

「やれることはまだある。やれることをやらんうちに泣いたらアカン。結果を嚙みしめる資格があるのは、全力を出し切った者《もん》だけや。あんたらが泣くのはまだ早い」

三人は手の甲で涙をぬぐった。

「あんたらやったらできる！」

「ハイ!!!」

一つだけ誰もいないままだった関西学園のブースに、ようやく夢叶たち三人が遅れて入ってきた。ブースに着座するやいなやテキパキと指示を出す夢叶の様子が、翔太の位置から見えた。

ヨレヨレのTシャツにクタクタの髪、頬には涙の跡さえ残っている。見るからに〝イケてない〞女子ではあったが、目は死んではいない。翔太には、夢叶たちが狩りの長旅から帰ってきた雌ライオンのように精悍に見えた。

9

各校渾身の作品をプレゼンテーションするファイナル公開審査会は、予備の席まで全部埋まり、立ち見が出るほどの盛況だった。

桜ヶ丘学園のタイトルとプレゼンの台詞《せりふ》は、大輝が考えた。撮影に戻るつもりでいったんは診療所を飛び出したが、翔太と絢香に合流したときには時間が残っていなかった。大輝は自分のこれまでの態度を詫び、せめてプレゼンの台詞を自分に考えさせてほしいと願い出た。台詞の口火も、翔太ではなく大輝が切った。

「私たちは東京桜ヶ丘学園です。タイトルは『居場所』。私は、写真甲子園に出場することができて、どんな形であっても写真に触れることで、東川の町に、人々に、自然に、そしてチームメイトに自分の居場所を教えてもらえたようでした」

続く絢香の台詞には、翔太と絢香が望んだ「〝今を生きている〟という証《あかし》」という言葉を入れた。

スクリーンに映し出された桜ヶ丘学園の作品には、クラフト工房で働く日置たち職人のまなざしと汗が、陰影濃く写し取られていた。昨日までの作品とは打って変わって、彼らが苦手とし避けてきた〝人〟の濃密な気配であふれた写真だった。

八枚の写真のうち最後の一枚だけは、人が写っていなかった。人の代わりにそこに写っていたのは、小さな「君の椅子」だった。

その写真には人が写っていない。しかし、いつかこの椅子に座ることになるはずの人が、この写真のフレームの外にたしかにいる。ほかの七枚の写真に写っている大人は、その写っていない幼い隣人のことを思って、その人のために自分の技を駆使し額に汗しているのだ——そんなことを感じさせる構成になっていた。最後の一枚で人を写さず、それでいて人の存在を感じさせる作品構成に、審査員から高い評価が与えられた。

関西学園は、三人揃って元気よく自分たちの作品タイトルを唱和した。

「私たちはやっぱり人が好きやから、ファイナルでは人を撮ってかけがえのないものを伝えたいです。その一瞬一瞬を描いたセレクトがこの八枚です。タイトルは……せーの、『あったかい人たち』です。よろしくお願いします!!!」

最終日に撮った写真が使えない、というデメリットがセレクトの幅を狭めたことは否めない。しかしそのおかげで、初日、二日目に撮った写真のなかに、本当にかけがえのないものに自分たちがすでに北海道で出会っていたことを、再発見することができた。

関西学園の作品は、初戦の写真同様、人ばかりを撮ったものだった。しかしそこには、初戦の写真のような〝濃ゆい〟人や〝おもろい〟人は一人もいない。どの人も自然な笑顔を浮かべている。

そのなかには、夢叶たちのホストファミリーを務めてくれた矢吹家の人たちを写したものも選ばれていた。矢吹家の三人の孫たちが〝大阪から来た夏のお姉ちゃんたち〟を慕って足元にすがってくるところを、俯瞰から撮った写真。昨日の夜、夜半の突然の再訪にもかかわらず快く迎え入れてくれて、おにぎりと味噌汁をふるまってくれた由美子おばあちゃんは、お玉で鍋をかきまぜながら、湯気の向こう側で静かに笑っている。「あたしのこんなところ撮ってもしょうがないのに」という言葉が聞こえてくるかのようだ。

続く公開審査では、初日に厳しいダメ出しをした立木義浩審査委員長が、この由美子を撮った写真にコメントした。

「う〜ん、いい写真だなぁ。これ、ホームステイ先で撮ったの？　そんな手近で済ませたのか。アハハ、ずるいね。なんとかいい写真をものにしてやろう、というような気持ちがどこかに消えて、お世話になったことへの感謝の気持ちをただ写真を撮ることで示したい、写真でありがとうとお礼を言いたい、そんな素直さが出ていたと思う。最後の最後でいい写真が撮れたね」

その言葉を聞いても、壇上の三人はただポーッとしているだけだったが、代わりに客席にいた久華が目頭を押さえていた。

公開審査が終わって表彰式が始まるまでしばらく時間があり、夢叶たちはほとんど放心状態でホールを出た。これだけいろんな〝危機〟があったにもかかわらず、最終日の審査に作品を提出することができたのが、何か奇跡的なことのように思えてしかたなかった。もちろん、作品にすっかり満足しているわけじゃない。でも、持てる力はすべて出し切った。その達成感だけで夢叶たちの心は占められていた。

廊下に出た三人を、矢吹家の人びとが待っていた。由美子が言った。

「見てたよ。孫たちの写真、使ってくれたんだね。あたしの写真は恥ずかしかったけどさ。ありがとうね。この子たちが、みんなに渡したいものがあるんだって。ほれ、お姉ちゃんたちに渡しなさい」

三人の子どもたちが夢叶たちに向かって手をまっすぐ伸ばした。小さな手には、ダンボールを切って金色の色紙を貼って作った金メダルが握られていた。「しゃしんこうしえん」と平がなで書かれたお手製の金メダルを、夢叶たちは膝を床について、首にかけてもらった。

子どもたちは、あんなに陽気だったお姉ちゃんたちがメダルを握りしめて大泣きしはじめたのを見て、何かいけないことをしてしまったのだろうかと、かえって戸惑っていた。

「表彰式、始まるよ」

どんどん光量を失ってアンダーになっていく東川の夕景を、羽衣公園の見晴らしのいい場所に立って名残惜しそうにながめている夢叶たちに、久華が声をかけた。

「もう、いいんです結果は。頭が痺《しび》れるほど戦ったから」

憑き物が落ちたような顔で夢叶が答えると、さくらと未来もそれに賛同した。

「今まで、こんなにがんばったことなかったわ」

「うん、ほんま精一杯やったって思う」

矢吹家の子どもたちからもらった金メダルが、夕陽を浴びて光っている。

「なんかわからんけど、自信ついた気がする」

「それに、金メダルもろたし」

「もろた、もろた」

三人の様子を見て、久華は、今なら話しても大丈夫だと思った。

「そうか、よかった。……あんな、先生、帰ったら学校辞める」

「え!!!」

三人がいっせいに久華のほうを振り返った。久華は、夢叶たちが何か言う暇《いとま》を与えずに続けた。

「あんたら見てたらな、先生も、また写真撮りたいゆう気ィになったんや」

その言葉は半分は嘘ではない。今朝早く朝焼けの大雪山を撮ったのは、誰に言われてでも、何か目的があったからでもなかった。写真が撮りたいという純粋な欲求が、久しぶりに自分の中に湧き出てきたからにほかならなかった。

「だから、先生も写甲やろうと思って」

未来が素朴は疑問を呈した。

「センセは無理やろ。高校生ちゃうやん」

「気持ちでは負けへんちゅうこっちゃ。言《ゆ》うたかて、関西学園写真部の顧問やからな。あんたらばっかりにええカッコさせてられへん」

「なんか、英子センセの変なところに火ィつけてしもうたみたい」

未来の感想に久華が乗っかった。

「そうやそうや。せっかくついた火ィなんやから、このまま消すのはもったいない。いっそのこと大きく燃やしたろ思てな。そや、新進フォトグラファー、エイコ・ヒサカが記念に一枚撮ったげる。あんたら、そこに並び」

久華が自分のカメラをかまえたところで、夢叶が言った。

「センセ、そこやと逆光やわ」

「あ、ほんまや」

「大丈夫かな、この新進フォトグラファー」

さくらがすかさず突っ込んだ。そして、大笑いする三人の高校生の姿が、久華のカメラに収まった。

「ただいまより、写真甲子園表彰式を開催します。まずは優秀校の発表です」

司会者の宣言に続いてファンファーレが鳴り、立木審査委員長が中央に進み出て、優秀校に選ばれた高校の名前を読み上げた。

「優秀校の一校目は……山形芸術学院！」

地元メディアの報道カメラのフラッシュがいっせいに焚かれた。

「つづいて優秀賞、もう一校は……」

翔太と大輝の拳が、それぞれの膝の上で固く握られている。真ん中に座っていた絢香が、ふたりの拳にそっと手を添えた。

「……東京桜ヶ丘学園！」

名前が呼ばれると同時に、客席から「ざまみろ、校長！」という高島の声がこだました。

放心状態でしばらく立ち上がれないでいる翔太と大輝を、絢香が引き上げた。おぼつかない足取りで登壇すると、立木審査委員長が記念の楯を差し出しながら讃辞をくれた。

「椅子の写真、よかったよ。誰も写ってないのに、作ってる人とそれに座る人、そして撮ってる人が、ちゃんと見えた。君たちの写真らしい繊細な感性にあふれた一枚だった。おめでとう」

喝采を浴びる三人のなかで、大輝がいちばん泣いていた。

準優勝校の発表も済み、いよいよ優勝校の発表となった。

「それでは、優勝校の発表です。立木審査委員長、お願いします」

「発表します。本年度写真甲子園大会の優勝校は……」

さっきまであれほど沸いていた会場が、物音ひとつしなくなっている。夢叶たちは声を殺して、もう泣いていた。

「……沖縄県立琉球高等学校です！」

琉球高校の選手たちが椅子から飛び上がった。ガッツポーズがカチャーシーを踊るような手つきになっている。顧問の金城は四方にむかって深々と何度も頭を下げていた。

「琉球高校の選手のみなさん、壇上へどうぞ」

琉球高校の三人が夢叶たちの前を通って表彰台へ上がってゆく。

発表前から泣いていた夢叶たちは、とうとう三人で抱き合って号泣した。彼女たちが優勝できずに悔しくて泣いたわけじゃないことは、少なくとも各校の選手たちには伝わっていた。自分たちの写真甲子園がこれで終わったこと、ただそれだけのことに夢叶たちは涙した。拙い戦いぶりではあったけれど、なんとか逃げ出さずに最後この場所にいることができた。そのことだけで、もう夢叶たちは心が一杯になっていた。

表彰式のあとはキトウシ森林公園で恒例の花火大会がおこなわれた。昼の大地に花咲く向日葵《ひまわり》も美しいが、夜空にひろがる花火もまた格別だ。

夢叶は翔太の姿を見かけて声をかけた。

「優秀賞おめでとう。ちゃんと人、撮れてたやん」

「ありがとう。スペシャリストにそう言われるとうれしいよ」

「スペシャリストやなんて。ウチこそ、人を写さずに人を感じさせるやなんて、あんな撮り方があるの知らんかったわ」

「ところで、ケガは大丈夫なの？」

夢叶の左の膝頭に貼ってある絆創膏に翔太は目をやった。

「なんや、見てはったの。たいしたことあらへん」

「ならいいけど。あのとき泣いてたから、相当痛かったのかなって」

「泣いてるとこまで見られてたなんて、恥ずかしいわ。あれはちゃうねん。別のことで泣いとってん」

「じゃあ昨夜《ゆうべ》、食堂前の廊下で泣いてたのも別のことで？」

「そこも見ての！　東京の男の子はイケズやわ」

夢叶の顔が赤くなったのは、しだれ花火の光に照らされたからばかりではなかった。

「そう言えば、まだ名前も名乗ってなかったね。僕は東京桜ヶ丘学園三年の椿山翔太」

「ウチは関西学園三年の尾山夢叶。夢が叶うと書いて『ゆめか』です」

「いい名前だね。で、夢は叶った？」

「う〜ん、どうやろ。夢が叶ったかどうかはわからんけど、さっきまでは全力を出し尽くした、やり残したことはないつもりやった。そやけど、またここに来て写真を撮りたいって気ィにもうなってる。これが最後の写甲なのに。椿山君は？」

「俺もそうさ。最後の最後でやっと納得のいく写真が撮れたけど、もう一度写甲に出たいって気持ちが強くなってる。……俺、留年しようかな？」

「じゃあ来年、ウチ、赤T着て待ってるから」

見つめ合って笑う翔太と夢叶の間に、さくらと未来が花火を持って割り込んできた。

「なんやのあんたら、大会が終わった思たら、もうデートの約束ですのん？」

「夢叶ちゃん、写甲は恋愛禁止やで。あ、でもあっちでラブラブ花火やってるカップルがおるから、いいのか」

未来の視線の先に、線香花火の小さな光に照らされた大輝と絢香の姿が見えた。

「いや、バス以外の車に乗るのも禁止、写真のトリミングも禁止、ついでに恋愛も禁止！　それが写真甲子園や。それを守らん子にはこうしたる！　行くで、さくら姐《ねえ》さん！」

「あいよ、まかしとき！」

さくらと未来が花火に火をつけ、夢叶に向けた。

「ちょっとやめて〜」

夢叶は翔太の背中に隠れた。

「ほ〜ら、やっぱりこのふたり、できてるやん！」

さくらと未来の手持ち花火はいっそう明るく燃え上がった。

＊　＊　＊

「誰かいるか？」

写真部の部室に高島が入ってきた。部室には見慣れない顔の女子生徒が一人、少し焦った様子でカバンからカメラを取り出しているきりだった。

「ん？　新入部員か？」

「はい。あとの部員は、コートサイドで椿山センパイの一眼レフのレクチャーを受けてます。あたしもこれから」

「アイツ、まだそんなことやってるのか。受験に専念しろってあれほど言ったのに。ったく。……これ、そのへんに飾っといてくれ」

高島は持っていた大きな包みを開けた。中からは立派な額縁に入った写真が現れた。

「あ！　これって、写真甲子園の受賞作品ですよね！　すご〜い!!」

「この額縁、いいだろ？　校長に買わせたんだ。予算がないって言うから、自腹切らせてな。全国大会で入賞した作品を画鋲で止めさせる気かって言ったら、案外素直に財布の紐《ひも》をゆるめてくれたよ。ハハハ」

高島は満足げに笑った。

「おっと、そうだ。三多摩合同写真展の打ち合わせがあるから、霧島絢香が戻ってきたら職員室に来るように言ってくれ。アイツも椿山のレクチャーを受けてるのか？」

「部長は紅葉を撮るって、石神井公園《しゃくじい》に行きました」

「紅葉って、またずいぶん気が早いな」


やっと色づきはじめた石神井公園の野鳥誘致林のなかで、絢香は何かに急《せ》かされるようにカメラをかまえていた。

「絶対行くからね、来年」

そんな独り言をときどき口にしながら、次々とシャッターを切った。

「……ねぇ、写真甲子園？」

そう声をかけられた気がして、絢香は驚いて後ろを振り向いた。

少し離れた場所の白樺の大木の横に、髪をひっつめにしたセーラー服の女の子が一人で立っていた。自分と同じくらいの年齢のようだが、このへんでは見たことのない制服だ。背中には白いリュックのようなものを背負っている。

女の子は絢香のほうを見つめて、白い歯を見せて笑っている。その子があまりにうれしそうな顔をしているので、絢香は思わず「うん」と首を縦に大きく振って、笑顔を返した。

（そうだ、あの子にモデルになってもらおう）

そう思った瞬間、聞き慣れない鳥の鳴き声がした。鳴き声のするほうに絢香は顔を向けたが、鳥の姿は見えず、かすかに枝が揺れているだけだった。そして、再び女の子のいたほうに視線を戻したが、木の陰にでも隠れたのか、その子の姿はもうなかった。

絢香はその子のことを知っているような気がしたが、いつどこで会ったのか、どうにも思い出せなかった。

——了——

映画『写真甲子園　0.5 秒の夏』
キャスト＆スタッフ
クレジット

❖

笠　菜月：関西学園写真部・尾山夢叶
白波瀬海来：同・山本さくら
中田青渚：同・伊藤未来

甲斐翔真：東京桜ヶ丘学園写真部・椿山翔太
萩原利久：同・中野大輝
中川梨花：同・霧島絢香

河相我聞：東京桜ヶ丘学園写真部顧問・高島晃
緒形幹太：東京桜ヶ丘学園校長・佐伯
平　祐奈：愛梨寿

中西良太：東京桜ヶ丘学園元写真部顧問・武部修
小柳友貴美：矢吹由美子
金山一彦：安藤昇二

北見敏之：関西学園教頭・多田
宮崎秋人：選手係・藤咲大介
水野悠希：テレビキャスター

立木義浩：審査委員長
竹田津実：審査委員

千葉真一：飛騨野忠幸

秋野暢子：関西学園写真部顧問・久華英子

選手
宮平愛美　普天間皐月　佐和田星
五十嵐悠　齋藤千夏　岡村　航
星銀乃丞　林　愛美　北村茉子
清水菜々子　遠藤彩夏　細野春花
佐々木皓大　福田恭平　久世珠璃

高田晴奈　三浦海斗　松田祥佳
西中　凜　西中祥吾　澤出優海
野村珠里　小山遥花　清野愛矢
佐藤理紗　山口夢乃　脇坂　祈
奥山葵衣　浜山莉佳　今井紫音
岩本友樹　西田泰之　坂東亜美
石川玲維　山本瑠奈　江藤もも菜
藪下実弥乃　戸野塚智佳璃　細川加菜美
本間朱莉　大川夕葵　野村玲奈
佐藤楓子　竹本結音　佐久間祐輔
杉浦朱乃　吉本有沙　岩端祐香

写真部顧問
仲眞富夫　大原充剛　鈴木和彦
佐藤　勝　金澤　剛　柳川英之
小野塚リエ　沢田素江　佐藤美七子
池田友美　八木正和　須藤知美
吉田雅代　高須美津也　小畑　綾
ピエルイージ・マンチーニ

審査委員
長倉洋海　鶴巻育子　明　緒
佐々木広人　坂本直樹　菅原隆治
福島　晃　前田利昭　藤森邦晃
藤井貴城　岩井直樹　星野浅和
玉村雅敏　小島敏明　紺谷ゆみ子
重岡千里

記録係
戸崎菜津美　大門麗稀　横山理子
松田愛花　藤川春菜　久木那奈香
富樫利成　山崎千智　谷井美月
山崎翠鈴　菅井舞優　三浦あゆみ
谷口なな　川　拓也　遠藤飛鳥
秋田しずく　藤川彩乃　河野穂乃香

写真部員
坂井桃香　石川志織　石田芽衣
西島帆夏　逢坂由委子　安田風音

上林菜摘　高村芹奈　峰菜々香
松木梨沙　中村巴那　森　彩乃
佐藤秀美　西野百香　原　可蓮
藤田優花　高松満里奈

ボランティアスタッフ
藤原たか子　舘下結香　脇坂小百合
更谷麻貴子　本庄亮子　佐々木昌恵
玉川優子　久保千晶　高橋ひろみ
高島澄恵　坂口千恵　大林律子
藤田亜矢子　本田憲子　吉田順子
村上　恵　川崎美鈴　細川巳由紀

関ひより　関いこい　三浦成咲
川口颯希　加藤瑞悠　山本健人
平野倖徳　藤田沙星　三戸凛音
三戸颯将

若松美帆子　中井亮一　荒川颯太
早川深夜　吉野可奈子　石橋　玲
わかばかなめ　桑原昌英　欅田紗世
岡田美由紀　門眞宏美　山家祥幸
志子田彩矢　立崎美由紀　小坂絢香
宇山夕香里　佐々木海月　亀代詩穂
本間雛子　小原すずか　荒瀬敏子
すぎうらよしこ　杉浦　朋

松岡市郎　高橋昭典　合田　博
浜辺　啓　小林喜一　水野　司
山森敏晴　平田章洋

東川町・美瑛町・上富良野町・東神楽町・
　旭川市の皆さん
ボランティアエキストラの皆さん

ヘアメイク助手　山崎　竜
車両　古高　正　山下　悟

メイキング撮影　近藤　稔
アシスタントプロデューサー　杉浦　青
制作主任　須佐美大誠
制作進行　髙橋広奈

技術プロデュース　稲村　浩
フィニッシング編集　五十嵐淳　岡本義典
フィニッシングカラリスト　戸倉　良
撮影機材担当　鈴木　整
DCP マスタリング　今村和宏
CG/VFX プロデューサー　加賀美正和
VFX コンポジター　島﨑　淳
CG デザイナー　河野　拓　鈴木　毅
マットムーブアーティスト　佐々木祐香
サウンドエディター　本田征也
フォーリーミキサー　勝俣まさとし
フォーリーアーティスト　伊藤　晃
飯島啓実
ダイアログエディター　篠崎純平
ダビングエンジニア　一坂早希
サウンドエンジニア　武田奈々
サウンドコーディネーター　志田直之

❖

プロデューサー　作間清子

撮影　上野彰吾
照明　赤津淳一
美術　長　寿恵
録音　室薗　剛
編集　時任賢三
記録　作間清子
ヘアメイク　井川成子
助監督　桑原昌英
ラインプロデューサー　原田文宏

監督助手　塚田俊也
撮影助手　渡辺厚人　岡田拓也　柳薗丈慈
空撮オペレーター　大塚友紀憲
カラーグレーディング　広瀬亮一
照明助手　油谷静江　渡邉知里　山田真穂
録音助手　西　正義　赤澤靖大　皆川慶介
美術助手　斎藤佑太　黒崎麻衣
小道具　梅澤有紀
装飾応援　東　克典
衣装　大森茂雄　松本　恵
衣装助手　竹原詩音

学校法人旭川宝田学園旭川明成高等学校
旭川大学
沖縄県立浦添工業高等学校
那覇市栄町市場
町田精肉店
旭川銀座商店街振興組合
三番館
三番館ビル
喫茶銀
粉物屋たこ中
アートクラフト・バウ工房
平田とうふ店
（株）てんげつあん
居酒屋りしり
東川町立東川小学校
東川町立診療所
東川神社
東川町幼児センター
キトウシ高原ホテル
天人峡温泉 御やど しきしま荘
神楽山春宮寺
田村ファーム
株式会社丸巳
青木農場
株式会社トヨタレンタリース旭川
レントシーバー

音楽　吉村龍太

主題歌「latitude ～明日が来るから～」
作詞・作曲：大黒摩季
サウンド・プロデュース：徳永暁人
歌：大黒摩季

挿入歌「Zoom Up ★」
作詞：大黒摩季
作曲：大黒摩季　原田喧太
サウンド・プロデュース：原田喧太
歌：大黒摩季 withBooooze

主題歌・挿入歌制作：（株）ビーイング

ロケーション協力
北海道開発局　札幌市
北竜町（ひまわり畑）
東川町農業協同組合
東川町商工会
一般社団法人ひがしかわ観光協会
一般社団法人旭川観光コンベンション協会
北海道旭川商業高等学校
学校法人藤学園旭川藤女子高等学校
学校法人北工学園旭川福祉専門学校
学校法人北海道立正学園旭川実業高等学校

NEC ネッツアイ
株式会社共立メンテナンス
株式会社小岩組　花本建設株式会社
ひだの塗装工業　北海道文化放送
北央信用組合　ホクレン
株式会社尾田工業
上海道草文化傳播有限公司
東川建設業協会　株式会社藤田組
松井組工建株式会社
加野眞一　尾山啓二　テイサ産業株式会社

後援
北海道
北海道教育委員会
公益財団法人北海道文化財団

札幌放送芸術専門学校
ネクシード株式会社

美術協力
生活館倉庫センター
INTERIOR HOKUSHOKOBO

装飾協力
HAKUBA　NTTdocomo　IKETEI
三省堂　教学社　SAC　早稲田カメラ店

衣装協力
SUIT SELECT　RIOMARU
アイラブ制服　003 J.FERRY
カーシーカシマ株式会社　hummel

ヘアメイク協力
MÄC　del sol　SUQQU

ポスター撮影　立木義浩
ポスターデザイン　町口　景

写真提供
飛弾野哲宏　橋本太乙
沖縄県立浦添工業高等学校写真部
大阪市立工芸高等学校撮影研究部

写真指導
秋元貴美子　日原慧子　中丸ひなこ
村上悠太　村田麻美　岩本憲昌
我妻莉奈　平井夏樹　長谷川真美

ロケコーディネート
東川町写真甲子園映画化支援協議会

協賛
HOKURIKU　amana　mont-bell
北海道新聞社
第一ガス株式会社・エイキ宅建

監督・脚本　菅原浩志

製作　シネボイス

製作賛助
写真文化首都「写真の町」東川町
東川町写真甲子園実行委員会
構成団体：東川町・美瑛町・上富良野町・
東神楽町・旭川市
東川町写真の町実行委員会
北海道新聞社
全国新聞社事業協議会
東川町写真甲子園映画化支援協議会

監督・脚本　菅原浩志

協力
環境省北海道地方環境事務所
CANON　SANDISK　Manfrotto

技術協力
株式会社オムニバス・ジャパン
TFC プラス
東映株式会社デジタルセンター
日本照明株式会社　グリフィス
株式会社テレフィット
ビッグウッド株式会社
ファンテック　三交社　イマージュ
株式会社北海道録画センター

配給　BS-TBS　清水雅哉
配給協力　トリプルアップ　島崎良一
宣伝　ニチホランド　丸茂日穂　菅野一人
松尾和哉

Thanks to：
北海道 写真文化首都「写真の町」東川町
写真甲子園実行委員会
東川町長・松岡 市郎
キヤノンマーケティングジャパン株式会社
立木 義浩
竹田津 実
作間 清子
東京都立大泉高等学校写真部のみなさん
（以上順不同、敬称略）

Special Thanks to：
飛驒野 数右衛門（故人）

※作中に何人か実在の人物名が登場しますが、本作で描かれているその人物の台詞や行動は、原則的にフィクションです。

著者紹介

案：**菅原浩志**（すがわら・ひろし）
1955年、北海道札幌市出身。映画監督・脚本家・プロデューサー。UCLAで映画製作・演出を学び、『里見八犬伝』や『天国にいちばん近い島』などのプロデュースを経て、1988年『ぼくらの七日間戦争』で監督デビュー。以後の監督作品に『That'sカンニング！史上最大の作戦？』『ときめきメモリアル』『ドリームメーカー』『ほたるの星』『早咲きの花』などがある。

著：**樫辺　勒**（かしべ・ろく）
1961年、宮城県塩竈市出身。フリーの編集者兼文筆家。人文書版元の編集者を経て独立。特撮から哲学までサブカル・人文書の企画・編集を幅広く手がける。著書には『「仮面ライダー響鬼」の事情』『哲メン図鑑　～顔からわかる哲学史～』(ともに五月書房)、『ＮＨＫ連続人形劇プリンプリン物語メモリアルブック』(友永詔三監修、河出書房新社刊)がある。

小説　写真甲子園　0.5秒の夏

2017年9月30日　初版第1刷発行

著　者　菅原浩志
　　　　樫辺　勒
発行者　武市一幸

発行所　株式会社　新評論

〒169-0051　東京都新宿区西早稲田3-16-28
http://www.shinhyoron.co.jp
TEL　03（3202）7391
FAX　03（3202）5832
振替　00160-1-113487

定価はカバーに表示してあります
落丁・乱丁本はお取り替えします

装幀　山田英春
印刷　理想社
製本　中永製本所

ISBN978-4-7948-1078-6
Printed in Japan